La pensée bleue
Tome I

Angela Goncalves

La pensée bleue

Tome I

Roman

LE LYS BLEU
ÉDITIONS

ISBN : 979-10-377-6498-0

Chapitre 1
Un rêve compromis

Dans le petit comté de Holly Town, le jour se leva une nouvelle fois. Le soleil resplendissait, haut dans le ciel, et nuançait les douces couleurs orangées des arbres qui annonçaient la fin de l'été. C'était un village, paisible d'ordinaire, dont le calme n'était rompu que par les soupirs et les cris des enfants.

Les journées ensoleillées étaient les préférées de Koda. Du haut de ses huit ans, elle aimait par-dessus tout courir dans les hautes herbes et rouler jusqu'au bas des collines, chose qu'elle ne pouvait faire lors des jours de pluie, sous le regard alors attentif de sa mère. La petite famille Gwyneth était composée de quatre membres. De l'union de Parod, le père et chef du village qui travaillait dans les champs en pleine journée tout en dirigeant les affaires de celui-ci et de Cassie, mère bienveillante qui s'occupait des tâches ménagères, naquirent Noji, jeune fille aussi belle qu'intelligente et Koda, la petite dernière aussi maligne qu'intrépide. Koda et Noji avaient huit ans de différence : leurs parents n'avaient pas de quoi subvenir aux besoins d'un petit nouveau, mais la nécessité d'une paire de bras supplémentaire pour les aider devint évidente. Cependant, cette raison n'était qu'accessoire pour Cassie, qui avait toujours rêvé d'avoir un deuxième enfant.

— Koda, arrête de bouger et viens mettre ta robe, ordonna Mme Gwyneth avec autorité.

— J'veux pas aller à la messe, pleura la jeune enfant.

— Elle pourrait rester ici, non ? Les enterrements ne sont pas appropriés pour les enfants…

— Elle ira un point c'est tout, Noji. Ne prends pas la défense de ta sœur quand il n'y en a pas besoin, gronda une voix grave qui fit sursauter les deux femmes.

— Oui papa, désolé… répondit sagement cette dernière.

— Koda s'il te plaît, il s'agit de l'enterrement de M. Phil, l'aubergiste. Tu sais il t'aimait beaucoup, il venait toujours nous offrir des chocolats quand il passait dans le coin, répliqua sa mère. C'est vraiment triste ce qui lui est arrivé…

Ce n'était pas tant la mort de M. Phil qui affligeait la cadette, mais le fait que tout le village serait présent. Koda avait un secret qu'elle s'abstenait de partager à sa famille mais dont ses camarades de classe n'hésitaient pas à se moquer. Koda voulait devenir danseuse. Danseuse professionnelle et mondialement connue. Lors de ses balades en montagne, elle avait déniché son lieu favori où elle pouvait s'adonner à sa passion, au bord d'un lac éloigné du chemin principal et à l'abri des regards.

Les rares fois où ses parents recevaient des journaux, elle arrachait les pages qui mentionnaient la Royal Academy, l'académie de danse la plus célèbre de la capitale, et les gardait dans une cabane vétuste qu'elle avait réussi à construire à l'aide de quelques bouts de bois alignés au bord du lac. Rentrer dans cette académie était synonyme de gloire et de réussite. Cependant, en parler à ses parents ne pouvait être qu'une mauvaise idée : elle avait conscience que son père avait soit l'intention de la marier à une famille de médecins soit, dans le cas où elle refuserait, les champs et les travaux domestiques l'attendaient.

Elle n'en avait pas non plus parlé à sa sœur aînée malgré la complicité qu'elle entretenait avec cette dernière, mais elle n'était pas dupe : elle savait que Noji l'avait déjà suivie maintes fois dans son repaire secret et l'observait silencieusement à travers les buissons, toujours un sourire aux lèvres. Ce qu'elle ne savait pas c'était que seule la fierté envahissait son aînée quand elle la voyait danser. Ses sauts de chat, tourniquets et autres pas de danse la rendait gracieuse, tel un cygne se mouvant dans l'eau.

Koda se regarda une dernière fois dans le miroir. Elle ne s'habilla jamais aussi bien qu'aujourd'hui et elle en était heureuse, même si elle essayait de ne pas le montrer. Elle se trouvait jolie, avec ses grands yeux bleu marine et ses cheveux longs tressés, de la même couleur, qui s'accordaient finalement bien avec la couleur ébène de sa robe. Elle voulait être jolie, comme toutes les danseuses de la Royal Academy.

— On y va Koda ? Papa et maman nous attendent, fit sa sœur enjouée.

La cadette se retourna et fut émerveillée. Son modèle de beauté avait toujours été sa sœur, qui resplendissait toujours de mille feux. Noji avait, contrairement à elle, hérité des cheveux noirs de son père et des yeux de cette même couleur sombre et profonde. Koda savait bien que ce regard ténébreux était ce qui plaisait le plus aux nombreux prétendants qui courtisaient son aînée.

— T'es si belle Noji ! Pourquoi je n'ai pas eu cette chance aussi, dame nature ne doit pas beaucoup m'aimer...

Son aînée pouffa gentiment et lui embrassa doucement la joue, ce qui laissa Koda aux anges.

— À mon âge, tu seras encore plus belle que je ne le suis, ce ne sera pas compliqué, j'en suis persuadée ! Et puis, la beauté n'est pas tout ce qui compte, il y a des choses bien plus importantes, par exemple ici… lui répondit-elle en posant sa paume sur son cœur. Fie-toi toujours à lui, il te dira toujours la vérité.

Koda la regarda, l'air ahuri.

— Mais le cœur ne peut pas parler !

Sa sœur rit puis lui prit la main pour l'emmener auprès de leurs parents. Le chemin jusqu'au cimetière fut très bref, il n'était qu'à dix minutes de marche, plus bas dans le village. Koda courut la plus grande partie de la balade ce qui lui valut des rappels à l'ordre de sa mère.

— Koda ! Si tu cours encore tu vas finir par tomber et déchirer ta robe, ce sera à toi de la recoudre, s'inquiéta sa mère.

Son père prit cette discussion à cœur et alla chercher la plus jeune fermement par le poignet et lui tira l'oreille de son autre main en lui criant d'obéir à sa mère.

— Parod, arrête ! paniqua Mme Gwyneth. Ce n'est qu'une enfant ! Ne fais pas de scènes inutiles, je t'en prie, pas aujourd'hui, c'est un jour déjà bien assez triste, tu ne trouves pas ?

— Tu es bien trop compatissante avec cette bonne à rien, s'enquit le père avec énervement.

Noji accourut auprès de sa sœur dont les larmes n'allaient pas tarder à couler, puis elles marchèrent main dans la main silencieusement, s'éloignant pas à pas de leurs parents. Elles étaient bien trop habituées à ces disputes et ne souhaitaient jamais envenimer les choses, alors garder le silence restait la meilleure des solutions.

Leur route les amena à traverser les ruelles pavées qui entouraient les nombreux champs du petit village.

— Regarde Noji comment les vaches de M. et Mme Stanley ont l'air heureuses en broutant l'herbe ! Tu crois qu'elle a bon goût ? s'exclama la cadette l'eau à la bouche, toujours l'oreille rouge et douloureuse.

— Ta gourmandise te perdra, commenta-t-elle un sourire aux lèvres.

Une fois arrivées à l'église et rejointes par leurs parents, la famille s'installa sans faire de bruit au fond de la bâtisse, puis

Parod se leva et marcha rapidement jusqu'à l'autel où il salua leur divinité, puis prit la parole.

— C'est avec regret, mes chers compagnons, que nous devons nous séparer de ce cher monsieur Phil. Rendons-lui hommage…

Koda n'arriva pas à suivre jusqu'à la fin le discours du chef du village, trop concentrée à masser son oreille encore douloureuse. Elle suivit sa famille lorsqu'elle devait recevoir la bénédiction du saint Yggdrasil puis sortit de l'église, où la cérémonie se poursuivait à l'extérieur du vieux bâtiment. Ce fut sans grande surprise qu'elle entendit des chuchotements à son égard. Elle reconnut alors deux garçons et une fille de son école devant qui il lui arrivait de danser. Cette enfant ne se souciait que très peu voire aucunement du regard des autres et n'hésitait pas à leur demander de regarder ailleurs s'ils se moquaient d'elle ou s'ils n'aimaient pas ce qu'elle faisait. Quand elle commençait à danser, elle se retrouvait dans une bulle que personne d'autre, mis à part elle, ne pouvait atteindre. Si Koda connaissait les termes « harmonie avec la nature », c'est sans doute ce qu'elle dirait pour qualifier la danse.

Elle les ignora alors en priant de toutes ses forces pour que sa famille, du moins son père, ne les écoutât pas. Son nom fut chuchoté plus bruyamment, alors sans plus tarder, elle écrasa le pied du fautif qui gémit de douleur, en le menaçant du regard.

— Si quelqu'un d'autre veut rendre hommage à ce cher M. Phil, et bien qu'il prenne la parole, demanda le prêtre à la communauté.

— Koda veut dire quelque chose, s'écria celui à qui le pied faisait encore souffrir.

Koda devint rouge d'embarras lorsqu'elle sentit le regard de son père à la fois furieux et intrigué se poser sur elle. Elle bégaya, voulut corriger la mesquinerie de son camarade mais la fille qui prenait également part aux ragots la coupa :

— Non, elle ne veut rien dire, elle veut danser ! C'est tout ce qu'elle sait faire, elle veut même en faire son métier plus tard, se moqua-t-elle sans pudeur. La Royal Academy n'accueille pas des moches pareilles, ma pauvre.

Les garçons eurent un violent fou rire sous l'incompréhension de la foule. L'ambiance devint de plus en plus insoutenable, la tension était palpable. Alors qu'elle essayait de trouver du soutien dans le regard de sa mère et de sa sœur, elle ne vit que de l'inquiétude dans leurs yeux, et Koda savait très bien qui était la source de cet ennui : il ne s'agissait de nul autre que son père. Prise de panique pour la première fois depuis longtemps, elle ne sut rien faire d'autre que fuir, tête baissée. Arrivée à la fontaine du village, en amont du cimetière, elle se retourna enfin et aperçut de loin le visage rouge de son père, qui dut se sentir humilié et très en colère contre elle. Que penserait le village en voyant la cadette du chef prendre ses jambes à son cou à l'annonce d'un rêve aussi pitoyable ? Elle crut avoir croisé le regard de son paternel, puis elle reprit sa course, cette fois les larmes aux yeux.

Sans s'arrêter, elle sentait le vent lui parcourir l'échine. Ses tresses flottaient au gré de la brise et bondissaient sur ses fines épaules. Elle apercevait le changement de paysage : du village pavé de pierres, elle rejoignit vite les arbres orangés qui bordaient la rue principale. Elle passa par-dessus une clôture et par habitude, se rua vers le cœur de la forêt qu'elle connaissait si bien.

Une dizaine de minutes de course plus tard, elle se retrouva dans son repaire secret. La jeune enfant jeta un coup d'œil aux alentours s'assurant que personne ne la suivait. C'est alors qu'elle entendit une cohue de pas qui se dirigeait vers elle, ce qui la fit se précipiter dans son étroite cabane.

— Arrête-toi tout de suite, bandit !

Koda vit un jeune garçon d'à peu près son âge, poursuivi par trois hommes qui portaient l'uniforme de l'armée royale et qui arboraient un air effrayant. Elle connaissait bien cet uniforme pour avoir vu de nombreuses fois les soldats patrouiller et réclamer les impôts dans le petit village d'Holly Town. Elle comprit la détresse du garçon sans en pouvoir expliquer la raison et voulut lui crier de venir se réfugier, mais elle ne pouvait le faire sans que les hommes ne l'entendent ou ne la voient. Elle continua d'observer la scène, et alors qu'elle se demandait par tous les moyens comment elle pouvait se faire remarquer par le jeune enfant, celui-ci croisa son regard.

Même s'il se trouvait loin d'elle, elle vit non sans mal une lueur violette se dégager de ses yeux, un violet percutant qu'elle n'avait jamais vu auparavant. D'une seconde à l'autre, elle était comme tombée sous le charme de ce regard électrifiant. Les poursuivants la ramenèrent à la réalité par le bruit excessif de leur course, lorsqu'elle aperçut à ce même moment un objet d'une taille infime tomber du manteau du garçon aux yeux violets.

Koda attendit que les quatre individus disparaissent enfin pour partir à la recherche de l'objet. Après de longues minutes de fouille qui lui semblaient interminables, elle vit finalement l'objet de sa convoitise attiser sa curiosité.

— Yahou ! s'écria-t-elle joyeusement.

Il s'agissait d'un anneau, avec une pierre d'un violet aussi hypnotisant que les yeux de l'enfant.

— Maintenant, tu es à moi, jusqu'à ce que je retrouve ton propriétaire, se promit-elle en l'enfilant autour de son doigt.

La jeune fille prit ensuite le chemin inverse, cet incident lui ayant fait oublier la raison de sa venue. Surexcitée à l'idée d'avoir trouvé un bijou aussi merveilleux, elle ne fit pas attention au bout de tissu appartenant à sa robe, resté accroché à la clôture par-dessus laquelle elle avait bondi lors de sa fuite. Un courant d'air le fit s'envoler, loin dans l'horizon.

— Koda !

La dénommée reconnut la voix effarée de sa sœur, qui l'attendait à l'orée des sous-bois.

— Noji, tu devineras jamais ! J'ai rencontré quelqu'un d'extraordinaire, s'enthousiasma la cadette.

— Tu me raconteras ça après, papa est furieux contre toi. Maman essaye de le raisonner mais…

Koda sentit la voix de son aînée se briser à la fin de sa phrase mais elle comprit pourquoi. Son cœur se mit à battre férocement contre sa poitrine. Elle détestait ce sentiment d'angoisse qui surgissait chaque fois que sa mère devait prendre sa défense auprès de son père. Cela ne se faisait jamais sans cris et encore moins sans violence. Elle allait toujours voir sa mère les larmes aux yeux en lui disant de ne plus la protéger, qu'elle préférait être la victime des coups de son père. Mais ce n'était pas l'avis de sa mère qui lui répétait que tant qu'elle serait là, rien ne pourrait lui arriver. La culpabilité ne quittera jamais l'esprit de Koda.

— Vite, il faut rentrer ! s'écria Koda qui s'était mise à courir.
— Non, Koda.

La voix de sa sœur était ferme et autoritaire, mais elle était surtout brouillée de sanglots. La petite fille ne supportait pas de voir ses proches souffrir autant. Ses pensées allaient de sa mère à sa sœur et les larmes lui montèrent aux yeux à chaque battement accéléré de son cœur.

— Mais Noji, c'est moi que papa cherche, tu sais bien qu'il ne faut pas laisser maman seule !
— Mais si t'y vas, c'est toi qui souffriras ! Je ne veux pas qu'il te fasse du mal, pas à ma petite sœur… sanglota Noji.
— Et maman, alors !

Noji essayait de contenir ses larmes tant bien que mal.

— Je ne veux pas qu'il lui fasse de mal non plus… pleura-t-elle en prenant son visage dans ses mains.

Koda sentit son cœur se briser devant cette scène. Sans pouvoir y assister plus longtemps, elle partit en courant en direction de chez elle, laissant son aînée derrière elle. Cette dernière essaya de l'appeler une énième fois, le bras tendu vers elle et les yeux brouillés de larmes.

Arrivée devant chez elle, la jeune fille ne se rendit même pas compte que la porte d'entrée était restée entrouverte. Elle entra en appelant sa mère, sans aucune réponse, puis elle tendit l'oreille et suivit ce qui lui semblait être des reniflements. Derrière la porte de la chambre des parents, Mme Gwyneth était en pleurs, recroquevillée sur elle-même.

— Maman !

Sa mère la regarda avec peine. Koda laissa échapper un cri quand elle vit l'œil de sa mère tourner au violet et son nez rougi par le sang.

— Pourquoi… ? demanda l'enfant tout en essayant de contenir son chagrin avant de se jeter dans les bras de Mme Gwyneth.

Cette dernière tenta de rassurer sa fille en lui caressant le derrière de son crâne, et une fois que sa vue commença enfin à s'éclaircir, elle distingua l'objet qui dégageait une lueur améthyste autour du doigt de l'enfant.

— C'est une jolie bague que tu as là, dis-moi.

— Tu as vu ça ! Tu devineras jamais, elle est tombée de la poche d'un garçon avec des yeux aussi violets que cet anneau !

La mère la regarda les yeux écarquillés exprimant à la fois l'effroi et la stupeur.

Aussitôt qu'elle eut dit ça, la porte de la chambre s'ouvrit brusquement sur deux gardes de l'armée royale, et Koda eut un mouvement de recul. Elle aperçut sa sœur arriver dans le couloir et se diriger vers elle à grands pas.

— Qu'as-tu dit ? demanda le plus âgé des deux policiers.

— Quand je parlais du garçon aux yeux v… voulut répéter la jeune fille.

— Verts ! Aux yeux verts, reprit Noji essoufflée.

— Elle allait dire violet, non ? redemanda l'autre garde.

— Elle a des problèmes avec les couleurs, mais j'étais avec elle, et le garçon avait des yeux verts, mentit-elle à nouveau.

— Mais Noji, il avait les yeux…

Koda ne put finir sa phrase, sa mère lui pinçant le bras.

— Très bien, fit le policier, les sourcils froncés. Dans ce cas, mon collègue et moi allons prendre congé. Nos salutations, messieurs dames.

— Merci beaucoup d'avoir accordé une once de votre temps, messieurs. N'hésitez pas à revenir si la moindre question vous vient à l'esprit, remercia M. Gwyneth. Passez une bonne journée.

Une fois qu'ils furent partis, tous les regards se braquèrent sur l'enfant de huit ans. Ceux curieux de sa mère et de Noji, et celui énervé de son père. Ce dernier s'approcha d'elle et lui colla une gifle monumentale. Elle plaqua de suite sa main contre sa joue pour calmer la sensation de brûlure et vit les deux autres femmes baisser les yeux.

— Mais bon sang, où étais-tu passée ? s'écria Parod. Tu nous humilies devant tout le village et tu t'enfuis ? La danse, mais ah ah, que cette blague était drôle ! Les enfants du village ont beaucoup d'imagination, ça, c'est certain !

— Mais papa, ce n'est pas une…

— C'est une blague, un point c'est tout, insista-t-il fermement. Regardez ce que vous me poussez à faire. Toujours à me faire passer pour le méchant de l'histoire.

La jeune fille baissa le regard, puis attendit silencieusement que son père s'en aille, regardant sa femme et sa fille aînée avant de claquer la porte de la chambre dans un soupir. Les trois femmes attendirent quelques minutes, puis Noji et leur mère prirent la plus jeune dans leur bras, dont la gorge était à nouveau serrée.

— Alors tu as vu un garçon aux yeux violets, c'est vrai ? demanda Noji.

— Oui ! Mais pourquoi vous ne me laissiez pas le dire ?

— Ils sont venus nous demander si on savait où se trouvait ce garçon… On aurait eu plus d'ennuis si c'eût été le cas, répondit sa mère.

— Koda, il faut que tu saches que les personnes aux yeux violets sont rarissimes et… pour cette raison, elles sont traitées d'erreurs de la nature et sont « chassées » par la plupart des hommes… Elles vivent recluses de la société, là où personne ne pourrait leur chercher d'ennuis.

— Mais c'est horrible ! Leurs yeux sont tout simplement magnifiques !

— C'est peut-être injuste, mais je te demande de ne plus t'en approcher, de loin ou de près. Ça ne fera que créer des problèmes, et on en a déjà assez, tu ne trouves pas ? questionna Mme Gwyneth.

Koda observa son œil amoché et acquiesça, les yeux baissés.

— Pardon, maman. Je n'y retournerai plus, je te le promets.

Sa mère la prit dans ses bras, et l'accolade fut bientôt rejointe par l'aînée.

— Mais je rêverais de voir ma fille danser si tu me le permets, reprit Mme Gwyneth.

Koda sourit alors, et resserra un peu plus son étreinte, avant de quitter la pièce et retourner dans sa chambre. Allongée sur son lit, elle contempla une dernière fois le bijou, puis le serra dans sa paume.

— Je sais que tu me protégeras, dit-elle en s'endormant paisiblement.

Chapitre 2
La cabane du lac

Koda n'avait pas passé une seule journée sans cette bague pendant les six années qui s'étaient écoulées depuis. Elle avait maintenant quatorze ans et semblait être totalement différente de celle qu'elle était six ans auparavant. Le départ de sa sœur lui avait appris à devenir plus mature et à se comporter comme elle : elle aidait aux différentes tâches ménagères sans que sa mère n'eût besoin de le lui demander. L'été, elle était toujours la première réveillée quand il fallait récolter les nombreuses pommes de terre, ce qui faisait la fierté de ses parents. Quant à son père, il avait beaucoup moins de choses à lui reprocher, mais elle n'accordait tout de même plus beaucoup de temps à la danse et avait complètement délaissé son repaire qui pourtant avait été pendant longtemps entretenu, par peur de croiser à nouveau ce regard violet : elle en avait fait la promesse à sa mère.

Le dimanche restait néanmoins son jour préféré. Les Gwyneth se rendaient en famille à la messe matinale et l'après-midi, sa sœur venait leur rendre visite à l'heure du thé. L'année de ses dix-huit ans, Noji avait épousé Dylan Carver, le jeune médecin du village voisin qui avait repris le cabinet de son père.

Koda trouvait leurs douze années de différence étrange, mais à la vue de son père satisfait de ce mariage, elle n'y pensa plus.

Son aînée était toujours la même, consciencieuse et bienveillante, et profitait de ce jour pour ne rester qu'en compagnie de Koda. Elle culpabilisait de l'avoir laissée seule avec ses parents alors qu'elle savait mieux que quiconque à quel point certaines situations pouvaient dégénérer.

— Alors Koda, comment vas-tu ces derniers temps ?

Les deux sœurs s'étaient isolées du reste de la famille et avaient pris place sur des tabourets de la cuisine. Elles pouvaient toujours entendre les conversations de leurs parents mais elles réussirent à en faire abstraction.

— Ça va, papa ne nous crie plus vraiment dessus. Il a l'air de plus en plus épuisé à cause de sa maladie, et n'arrête pas de répéter qu'il n'en a plus pour très longtemps.

Noji émit un long soupir.

— Moi ça ne me fait ni chaud ni froid, commenta la cadette.

— Je comprends Koda, mais il s'agit de notre père, on ne peut pas dire des choses pareilles…

— Après tout ce qu'il nous a fait !? Noji, j'ai mis mon rêve de côté par sa faute ! Je me suis tuée à la tâche pendant tout ce temps pour que ton absence se fasse moins ressentir. Et c'était d'autant plus frustrant de savoir que je ne pourrais jamais t'égaler…

— C'est très honorable de ta part Koda, je t'assure que tu as fait ce qu'il y avait de mieux à faire. Maman a l'air beaucoup plus épanouie et papa a l'air d'être… moins lui je dirais. Mais tu as complètement oublié ton rêve ?

— Oui et non… Il m'arrive quelquefois de danser devant maman quand on se retrouve seules, et je lui ai déjà parlé de vouloir intégrer la Royal Academy ! Elle me soutient dans ma vocation mais papa… J'ose même pas imaginer sa réaction… Et puis j'ai déjà quatorze ans ! Les danseuses professionnelles de l'école sont généralement à peine plus âgées que moi…

Noji se leva en faisant grincer son tabouret et mit son index devant la bouche de sa cadette.

— Ah non, tu ne vas pas baisser les bras pour une question d'âge ! Tu as déjà fait tellement pour papa et maman, il serait temps que tu penses à toi !

Celle aux cheveux bleus haussa les épaules d'indifférence.

— En parlant d'âge, ça ne te chiffonne pas que Dylan ait douze ans de plus que toi ?
— Ah euh, au début si, ça me paraissait être bien plus un mariage arrangé qu'autre chose, mais on a appris à se connaître et… la nature fait bien les choses, répondit l'aînée avec de nombreuses rougeurs lui parsemant le teint.

Koda remarqua que sa sœur avait posé ses yeux et ses mains sur son ventre, comme s'il s'agissait là d'un instinct maternel.

— Noji ! tu es enceinte ! s'écria-t-elle, ce qui avait interrompu les conversations, dérangées par le cri de la cadette.

— Chut ! paniqua Noji.

— Koda moins fort, on ne s'entend plus parler dans cette cuisine ! intima leur père d'une voix grave.

Son aînée lui plaqua les mains sur la bouche, son visage devenant de plus en plus rouge.

— C'est l'anniversaire de Dylan dans deux jours, je comptais le lui annoncer comme cadeau… Il voulait que je lui donne un enfant depuis si longtemps maintenant, on a eu un peu de mal au début…

— Je vous envie toi et lui, vous avez l'air d'être heureux et il a l'air sympa, même si j'ai pas eu beaucoup d'occasions pour apprendre à le connaître. Je me demande si quelqu'un voudra bien de moi…

La brune émit un faible rire, puis un éclair passa dans ses yeux, qui les écarquilla.

— Je sais ! Dylan m'a parlé de ses amis d'une noble famille qui habite la capitale ! Si tu leur tapes dans l'œil, tu pourras peut-être épouser l'un d'entre eux et vivre à Royal Town. Tu seras plus proche de ton rêve ! Et puis, papa ne pourra qu'accepter s'il s'agit de la capitale.

Koda sourit et laissa la joie envahir son visage, qui rayonnait tel un soleil d'été.

— Waouh, Noji, c'est une idée géniale ! Mais est-ce que c'est vraiment bien de laisser maman seule ici… ?

— Pense un peu à toi pour une fois ! Belle comme tu es tu ne voudrais pas laisser passer cette chance, si ? J'en parlerai à Dylan ! et je m'occuperai de maman cette fois-ci, crois-moi.

La cadette rougit suite au compliment qu'elle venait de recevoir puis acquiesça.

— Oh, d'ailleurs je voulais te montrer ce que j'avais fabriqué cette semaine ! J'ai suivi des explications dans un journal et je voulais qu'on l'essaye aujourd'hui.

Koda partit dans sa chambre et revint avec un objet plutôt large auprès de sa sœur.

— Un cerf-volant ! s'écria Noji. Il est magnifique, il faut qu'on aille l'essayer dehors !

— Oui, mais je ne sais pas si c'est recommandé pour les femmes enceintes…

Noji pouffa et donna un coup de coude à sa sœur. Une fois dehors, elles déroulèrent le fil relié à un bout de bois épais pour observer le cerf-volant s'élever dans les airs. Il était jaune et orange et avait été fabriqué à partir de feuilles dont Koda ne se servait plus pour l'école.

Par malchance, elles ne pensaient pas qu'un soleil éclatant pouvait cacher une bourrasque intense. En un coup de vent, le bout de bois leur échappa et le cerf-volant se dirigea vers le petit bois. Koda entendit sa sœur émettre un son de tristesse et la rassura.

— J'y vais, ne bouge surtout pas !

La plus jeune partit en direction du petit bois puis avant de franchir la clôture comme elle avait l'habitude de le faire, elle hésita quelques instants. La journée où elle avait rencontré le jeune garçon lui revint en tête avec une telle clarté qu'elle eut l'impression d'y être. Le cerf-volant passa au-dessus de sa tête et la rappela à l'ordre. Sans plus attendre, elle passa la clôture et se mit à courir en direction du lac.

Après une course effrénée au milieu des arbres, Koda aperçut enfin le cerf-volant atterrir dans un buisson, non loin de son ancienne cabane. Elle allait s'y diriger quand elle se rendit compte que sa cabane paraissait comme neuve, comme si elle n'avait jamais été abandonnée. Elle s'attendait au contraire à ce qu'elle ne retrouve que des vestiges. C'est là qu'elle vit un jeune homme accroupi au bord du lac, aiguisant ce qui lui semblait être une épée.

La bleue hésita grandement. Elle se dit qu'il pouvait s'agir d'une jeune recrue de l'armée royale partie en expédition ou simplement d'un chasseur en quête d'une nouvelle proie. Elle s'apprêtait à lui faire remarquer sa présence lorsqu'elle se reprit : s'il s'agissait d'un vagabond, ou pire, d'un vagabond aux yeux violets, elle ne se le pardonnerait jamais.

Koda se prit la tête dans les mains brusquement, ce qui fit craquer les brindilles sous ses pieds. Le garçon à l'écoute tourna furtivement sa tête et envoya sans prévenir un caillou d'une telle force qu'il réussit à laisser une marque sur le tronc qui se trouvait derrière la jeune fille.

— Mais vous êtes malade ! Un peu plus à côté et vous auriez eu de l'humaine pour le déjeuner !
— C'était peut-être mon but, fit le garçon avec insolence.

Koda déglutit. Puis, elle se consola en se disant qu'il n'avait pas les yeux violets, mais des yeux d'un gris profond.

— Je ne veux pas vous embêter, je veux juste récupérer mon cerf-volant.

Le jeune homme lui pointa l'objet de sa convoitise du bout de son épée et lui fit signe qu'elle pouvait passer. Elle se précipita vers le buisson et se dépêcha de le récupérer. Elle voulait seulement s'éloigner le plus rapidement possible de cet individu.

— Merci beaucoup, et bonne journée, se risqua-t-elle poliment.

Elle passa devant lui à grands pas quand elle le sentit lui prendre la main, ce qui la fit sursauter. Elle retira sa main instantanément, embarrassée de ce contact si soudain.

— Où as-tu trouvé cette bague ? lui demanda-t-il avec autorité.
— Pardon ?
— Cette bague, où l'as-tu trouvée ?
— Euh, ici, quand j'avais huit ans... répondit-elle avec hésitation.
— Rends-la-moi, intima-t-il d'une voix ferme.

— Je me suis juré de la remettre en mains propres à son propriétaire et vous n'avez pas les yeux violets donc elle ne vous appartient pas !

Le jeune homme l'observa, l'air perdu, puis se mit à rire d'une voix douce.

— On me l'a volée il y a quelques années, celui qui possédait ces yeux était le coupable. Il a été arrêté puis mis aux cachots, mais personne n'a pu retrouver ce qui m'appartenait. Mais toi si. Alors, rends-la-moi, maintenant.

— Yolan, on t'a pas appris à dire s'il te plaît aux jeunes demoiselles ? Tu vas lui faire peur, la pauvre. Ce n'est qu'une petite femme sans défense, fit une voix rauque.

Koda frissonna quand elle entendit une nouvelle voix s'approcher d'eux. Le dénommé Yolan, lui, ne bougea pas d'un centimètre, comme s'il avait prédit que son camarade allait arriver à ce moment-là. Elle prit un instant pour observer les deux hommes qui se trouvaient face à elle. Yolan avait des cheveux pourpres plutôt courts et présentait une musculature assez fine, ses vêtements plutôt amples ne permettaient pas à Koda de déterminer sa morphologie. Mais elle craignait que derrière ces habits soit cachée une minceur frôlant l'anorexie.

L'homme qui venait d'arriver, quant à lui, avait de longs cheveux noirs rassemblés en une queue de cheval et des yeux aussi sombres que ceux-ci. Cette obscurité qui lui semblait bienveillante chez Noji n'était que malsaine chez cet individu. Il semblait un peu plus âgé que Yolan mais restait tout de même jeune, Koda ne lui donnait pas plus de vingt-cinq ans.

— J… je ne veux pas vous embêter plus longtemps, excusez-moi de vous avoir dérangés, bégaya la bleue.

— Oh non, ma belle, ne joue pas la princesse en détresse, ça fait fondre mon petit cœur, continua l'homme qui venait d'arriver.

— Tais-toi Rob, sers à quelque chose et va chercher Jazz, tu sais bien qu'il a tendance à se perdre, ordonna Yolan.

L'homme aux cheveux ébène poussa un juron et repartit s'enfoncer dans la forêt. La jeune fille comprit suite à cette discussion qui était le chef de la bande. Une fois que Rob n'était plus visible, le regard reconnaissant de Koda croisa celui de Yolan.

— Tu pensais pouvoir partir sans m'avoir rendu l'anneau ? C'est de l'argent que t'attends en retour ? Je suis désolé mais t'en trouveras pas ici, on n'a pas un sou à dépenser pour la première venue.

— Quoi ? Bien sûr que non !

— Alors, donne-la-moi, je t'en supplie.

Son ton avait l'air chargé en émotions. Elle crut même apercevoir un reflet violet dans ses yeux gris puis elle se frotta les yeux pour calmer ses hallucinations.

— De la reconnaissance en retour m'aurait suffi, mais elle a l'air de compter pour vous, dit-elle en lui tendant le bijou.

— … Pour toi, la corrigea-t-il, tu peux me tutoyer, je ne suis pas d'une haute classe comme ils aiment tant l'appeler et je ne pense pas être bien plus vieux que toi.

— J'ai quatorze ans, renchérit-elle.

— Je ne faisais pas la conversation. Allez, file Koda.

— Comment tu… ?

— Quelqu'un t'appelle depuis tout à l'heure dans cette direction et je ne connais pas d'autre Koda. J'en déduis donc que c'est toi.

La jeune fille entendit enfin la voix cristalline de sa sœur.

— Zut, Noji !

Koda regagna l'orée du bois en courant, le cerf-volant bien serré contre elle. Elle aperçut son aînée qui l'attendait derrière la clôture.

— Je l'ai retrouvé accroché dans un buisson !

— Super, mais t'en as mis du temps, qu'est-ce qui t'a retenue ?

La fillette réfléchit rapidement. Faire part de sa rencontre ne ferait que rendre sa sœur suspicieuse et s'inquiéter pour quelque chose de futile.

— J'ai revu mon lieu préféré auprès du petit lac…

— Ah, tu parles de l'endroit où tu dansais petite ?

— J'ai toujours su que tu me suivais quand j'allais là-bas !

— Eh, j'ai toujours adoré te voir danser, c'était plus fort que moi ! Et j'espère que j'aurais à nouveau cette occasion et que lui aussi pourra avoir cette chance, dit-elle en caressant son ventre.

— Bien sûr, tout pour mon futur neveu ou ma future nièce !

Les deux filles plaisantèrent encore un bout de temps puis rentrèrent chez elles, bras dessus, bras dessous. Le cerf-volant virevoltait haut dans le ciel se confondant parmi les nombreux oiseaux dont le vol signait le retour du printemps.

Chapitre 3
Premier entraînement

Le lendemain, Koda se réveilla aux aurores, le premier rayon de soleil lui réchauffant doucement le visage. Elle se munit de grosses bottes imperméables et d'une salopette puis prit les bulbes d'oignon qui trônaient sur le meuble d'entrée avant de quitter la maison.

Elle salua la chienne des voisins qui venait toujours lui dire bonjour à son réveil.

— Désolé Neige mais je n'ai rien pour toi aujourd'hui ! Je me rachèterai demain, promis.

L'animal eut l'air de comprendre et partit rejoindre son maître sans demander son reste.

Koda se dirigea vers le potager et vit M. Stanley qui suivait tranquillement ses vaches.

— Bonjour M. Stanley !

— Oh, bonjour Koda ! toujours fraîchement réveillée à ce que je vois !

La jeune fille lui répondit simplement par un sourire. La brise était fraîche ce matin-là, elle dut maintenir avec force son chapeau de paille sur sa tête afin d'éviter qu'il ne s'envole. En voyant le travail qui l'attendait, elle se sentait déjà vidée de ses forces, mais elle se motiva en se disant qu'elle pourrait bientôt découvrir la nouveauté de la capitale.

Au bout de deux longues heures d'acharnement et de sueur, elle vit au loin sa mère arriver avec le petit-déjeuner.

— Ma chérie, je t'ai déjà dit de ne pas louper le repas le plus important de la journée ! Tu as besoin de forces pour tout ce travail que tu mènes, lui reprocha-t-elle en lui tendant le plateau.

— Merci, maman.

— Quand tu auras fini avec les artichauts et les radis, je voudrais bien que tu plantes ces graines dans le champ de fleurs. Ce sont des graines d'amaryllis, cela faisait longtemps que je voulais en avoir !

Koda essuya la sueur de son front et émit un long soupir.

— Si ça t'embête pas bien sûr, sinon laisse-les de côté, je le ferai en rentrant, tu en fais déjà tellement. Je dois juste accompagner ton père à la clinique pour ses examens.

— Ne t'en fais pas, je m'en occupe. Prends soin de toi c'est plus important, mon dos est encore en pleine forme !

Sa mère lui déposa un baiser sur la joue puis la laissa à son occupation.

— On sera de retour pour le déjeuner.

Koda prit une tranche de brioche et vida son verre de jus d'une traite puis hésita de longs instants quand la carriole de ses parents se trouvait hors de sa vue. Des images de la veille lui revinrent en tête et elle se souvint alors de Yolan et des garçons qui n'avaient peut-être pas de quoi s'alimenter. Elle prit alors la brioche avec elle et se dirigea vers le petit bois.

En cours de route, elle voulut rebrousser chemin de nombreuses fois, se posant de multiples questions. Étaient-ils toujours là ? Avaient-ils réellement de bonnes intentions ? Cela n'était-il pas étrange qu'une fille de quatorze ans aille voir des inconnus au fin fond d'une forêt ? Et surtout, étaient-ils réveillés à neuf heures du matin ?

Mais l'absence de la bague autour de son doigt la conforta dans son idée : elle voulut revoir une dernière fois le bijou dont elle n'avait pu se passer depuis plus de six ans.

Elle prit donc le chemin habituel et une fois qu'elle se trouva devant le petit lac, elle ne vit personne.

— Salut Koda ! fit une voix derrière elle.

L'interpellée hurla d'effroi. En se retournant, elle fit face à un garçon qui faisait deux fois sa taille et dont le ventre était rond comme un ballon.

— Moi, c'est Jazz, enchanté et désolé de t'avoir fait peur ! On m'a dit que tu nous avais rendu visite hier mais j'étais occupé dans la forêt.

— Ah, tu es sans doute l'autre personne qui a tendance à se perdre ! reconnut Koda.

— Je ne me perds jamais ! s'énerva Jazz qui devint tout rouge. J'explore les horizons, c'est tout.

L'adolescente rit, ne croyant pas vraiment à son excuse, puis fut impressionnée par les cheveux orangés de son interlocuteur.

— Tu as de très beaux cheveux, complimenta Koda.

— Oh, c'est trop aimable, répondit-il. Devenons amis !

Plus qu'enjouée à cette idée, Koda hocha la tête, un sourire aux lèvres. Elle n'avait jamais vraiment eu d'amis mais cela ne la dérangeait pas quand elle connaissait la méchanceté des autres adolescents de son âge qu'elle avait pu côtoyer.

— Viens, on va rejoindre les autres !

Elle voulut le suivre dans la bonne humeur, mais elle eut des frissons quand son esprit s'arrêta sur l'image de Rob. Yolan était plaisant à regarder, Rob ne l'était pas du tout, même si son physique n'était pas à plaindre. Elle ne le portait juste pas dans son cœur, même si cela ne faisait qu'un jour qu'elle l'avait rencontré et qu'ils n'avaient échangé que deux ou trois mots. Jazz la fit entrer dans leur cabane, ou plutôt dans l'ancienne cabane de Koda. Elle trouvait que rien n'avait changé, pas même les feuilles qui tapissaient le sol.

— J'ai l'impression d'être de retour chez moi… soupira Koda, nostalgique.

— Que fait-elle ici, Jazz ? demanda Yolan, agacé.

Il semblait être au beau milieu d'une conversation sérieuse avec Rob et n'appréciait pas être interrompu de la sorte. Celui aux cheveux sombres dispersa un peu de poudre à l'intérieur d'une feuille, qu'il ne tarda pas à enrouler, puis se dirigea vers l'extérieur. Koda connaissait bien cette poudre : il s'agissait de tabac.

Petite, elle avait vu son grand-père maternel avoir cette même habitude à chaque moment de la journée. Quelques semaines plus tard, il était décédé. Elle avait retenu depuis ce triste événement que le tabac s'avérait être mortel pour les hommes.

— C'est ma nouvelle amie, répondit Jazz, heureux.

— Allez jouer dehors alors… reprit celui aux cheveux pourpres.

— À vrai dire, j'ai rapporté de quoi petit-déjeuner !

— De la brioche ! s'exalta Jazz en voyant le pain, un filet de bave au coin des lèvres.

— En quel honneur ? demanda Yolan, suspicieux.

— Pour vous souhaiter la bienvenue… ? supposa Koda.

— Qui nous dit que tu n'as pas de mauvaises intentions ?

— Je pourrais vous poser la même question, soupira Koda. Et puis ce n'est pas une fille de quatorze ans qui pourrait vous causer du tort…

— Quatorze ans ! On a le même âge alors ! On pourrait être jumeaux, s'exclama Jazz.

L'adolescente tomba des nues. Celui aux cheveux orange était bien trop immense pour son jeune âge.

— En plus, c'est vous qui squattez ma cabane, je peux bien venir ici comme il me plaît, continua-t-elle avec fierté.

— Comment ça ? firent Yolan et Jazz en chœur, avec curiosité.

Koda s'approcha du rocher sur lequel était assis Yolan et tendit son bras vers lui. Quand elle fut à moins d'une dizaine de centimètres de ce dernier et qu'elle s'agenouilla, le garçon aux cheveux violets eut un mouvement de panique.

— Q... qu'est-ce que tu fais ?
— Tu pourrais te lever juste une minute ou deux ?

Yolan obéit sans rien dire, sous le regard surpris de Jazz. Koda souleva la roche et vit toutes les pages des journaux qu'elle gardait, petite, comme elle s'y attendait.

— Ils y sont tous ! s'exclama l'adolescente qui se leva vers sa trouvaille et la prit dans ses bras.
— Des articles sur la Royal Academy ? s'étonna Yolan qui s'était penché au-dessus des nombreuses pages.
— Oh, tu connais l'Académie ? C'est mon rêve d'y entrer !
— Eurk, ta niaiserie va me faire vomir, fit Rob en revenant de sa pause cigarette.

Koda rougit de honte et baissa instantanément le regard.

— Retourne dehors, Rob, intima Yolan.
— Ouais ! On s'attaque pas aux rêves des autres et encore moins à celui de mon amie, répondit Jazz du tac au tac.
— Alors ça y est, elle est l'une des nôtres maintenant ?

Yolan se redressa et prit Rob par le bras pour l'emmener à l'extérieur. La jeune fille se retrouva seule avec le garçon aux cheveux orange.

— Je pense que je devrais y aller, je ne voudrais pas que vous vous disputiez à cause de moi…

— Ne t'en fais pas pour ça, Rob a toujours été grincheux, et encore plus que le chef, t'imagines !

— Le… chef ?

— Oui, Yolan ! Il a pas l'air féroce mais c'est le meilleur d'entre nous. Faut dire, rien ne l'arrêtera pour accomplir son rêve !

— Il a un rêve lui aussi ? Trop cool !

— Oui celui de remporter le tournoi du Colisée ! Tous les quatre ans, les meilleurs épéistes s'affrontent dans le Colisée de Royal Town et les gagnants remportent un titre de noblesse et le premier prix !

Koda eut l'impression d'avoir des étoiles dans les yeux tant elle n'en revenait pas. Les termes « tournoi », « Royal Town », et « épéiste » la laissaient admirative.

— C'est pour ça que la première fois que j'ai vu Yolan, il aiguisait une épée… se dit-elle. Je ne savais pas qu'une telle activité aurait pu exister !

— Je suis plutôt doué moi-même eh eh, se vanta-t-il.

— Est-ce que tu penses que tu pourrais me montrer quelques mouvements, demanda Koda timidement.

— Bien sûr, on peut s'y mettre tout de suite si tu veux ! Par contre, on essayera de ne pas nous faire repérer par Rob, il a un avis assez tranché en ce qui concerne les femmes et les épées…

L'adolescente acquiesça mais éprouva un étrange sentiment de dégoût depuis qu'elle avait rencontré Rob. Elle se sentait rabaissée à ses côtés par le simple fait d'être née femme. C'était la première fois qu'elle ressentait une telle injustice. Elle observa le ciel et se rendit compte que le soleil se trouvait presque au-dessus de sa tête.

— Mince ! Il faut que je retourne planter les artichauts ! Je reviendrai sûrement plus tard dans la journée, je suis ravie de t'avoir rencontré en tout cas, lui lança-t-elle en courant en direction de chez elle.

— Pareil pour moi, et merci pour la brioche ! cria Jazz assez fort pour que Koda puisse l'entendre dans sa course frénétique.

Bien que paniquée par le retard qu'elle avait pris dans ses plantations, elle était heureuse de s'être fait de nouveaux amis.

❖❖❖

Une fois de retour dans le potager, elle rattrapa ses deux heures de retard en plantant les artichauts et les radis sans prendre aucune pause. Cependant, ses parents arrivèrent avant même qu'elle n'ait pu prendre les graines d'amaryllis dans sa main.

— Je suis rentrée ma puce ! Viens vite, je vais nous préparer un bon plat revigorant !

— Je suis désolée maman, je n'ai pas pu planter tes amaryllis…

— Ce n'est pas un problème, on le fera cette après-midi, on ira plus vite à deux de toute manière, lui sourit-elle.

Pendant le déjeuner, sa mère lui expliqua qu'elle avait dû laisser Parod à la clinique mais qu'elle irait le chercher après avoir planté les fameuses fleurs. Après avoir englouti son plat de poisson frit accompagné d'une salade du potager, les deux femmes se rendirent dans le champ de fleurs. Elles prirent une bonne heure pour finir leur tâche, puis la mère de Koda laissa sa fille une nouvelle fois pour retourner à Bruise City, là où se situait la clinique médicale.

Cela arrivait au bon moment, Koda voulant absolument retrouver son nouvel ami aux cheveux orange.

✣✣✣

— Et là, tu t'avances le dos droit en canalisant ta force sur ta lame, puis BAM, coup d'estoc !

Jazz frappa le tronc d'arbre ce qui l'entailla verticalement. Koda fut impressionnée. Ils s'étaient retrouvés un peu plus loin dans la forêt, là où un grand espace s'offrait à eux, caché par les nombreux buissons et feuilles. Seul le chant des oiseaux se faisait entendre.

— À moi, à moi !

Son ami lui prêta son épée, puis elle se mit face à un autre arbre. Seulement, au moment de donner le coup comme Jazz l'avait fait auparavant, elle ne réussit même pas à planter la lame dans le bois et le pommeau lui rentra dans le ventre ce qui lui coupa le souffle. Elle tomba au sol, se prit le ventre dans les bras et se tordit de douleur.

— Koda ! Est-ce que ça va ? s'inquiéta Jazz.

La jeune fille leva son pouce en direction de son ami, et se releva cinq minutes plus tard. Elle se remit face à l'arbre qui l'avait battue à plate couture, et voulut attaquer de nouveau, cette fois-ci avec énervement.

— La plante de tes pieds n'est pas parfaitement perpendiculaire à ton dos et ta poignée n'est pas assez ferme, fit une voix qu'elle reconnut.

Ils se retournèrent et virent Yolan adossé contre un tronc, son épée dans le dos. Ce dernier écarta quelques branches feuillues de son visage et se rapprocha des deux autres. Jazz trembla de tout son corps et se cacha les yeux de peur que son chef ne fasse de mal à son amie qui n'avait pas obtenu son autorisation pour pratiquer à sa place. Yolan se plaça aux côtés de Koda et déplaça correctement ses jambes à l'aide de son pied et passa un bras autour de sa taille pour renforcer sa prise autour de la poignée de l'épée. L'adolescente sentit le feu lui monter aux joues en sentant le corps de Yolan collé au sien. Ils donnèrent le coup ensemble d'une synchronisation inégalée et l'arbre tomba au sol. Elle cria de surprise à cause du vacarme provoqué par la chute de l'arbre et Yolan eut simplement un sourire en coin. Jazz cria d'admiration et alla taper dans les mains de Koda pour la féliciter.

— Mais je crois bien que c'est Yolan qui a tout fait… Tu es vraiment exceptionnel ! le complimenta-t-elle.

Quand elle se retourna pour lui faire face, Yolan avait déjà disparu.

— Bah, où il est passé ? demanda Koda.

Le garçon aux cheveux orange mit ses mains en visière mais ne réussit pas à le retrouver. Yolan s'était éclipsé derrière un arbre, toujours un sourire en coin suite aux compliments de la jeune adolescente.

Après une heure d'entraînement intense, Koda remercia Jazz et lui demanda de remercier Yolan de sa part. Elle accompagna le garçon de son âge à la cabane afin d'éviter qu'il ne se perde, puis elle repartit un peu déçue de ne pas avoir pu faire tomber un arbre à elle seule, mais Koda était déterminée à revenir s'entraîner jusqu'à y parvenir.

✣✣✣

La lune prit la place du soleil, haut dans le ciel. Sa lueur éclatante éclairait l'obscurité des sous-bois. En plein milieu de la forêt, les trois amis s'étaient mis autour d'un feu de camp, faisant griller des poissons qu'ils venaient de pêcher.

— Alors, ce verdict ? demanda Rob.

— Elle ne me laisse pas indifférent, c'est sûr, répondit Yolan.

— Ah la la, les femmes et les épées ne font pas bon ménage, je vous l'ai dit…

Jazz ouvrit la bouche de surprise et eut un regard choqué.

— Comment t'es au courant ? demanda Jazz.

— Il nous avait suivis, pouffa Yolan. Tu ne l'avais pas remarqué ?

Jazz secoua la tête négativement.

— Elle ne vaut rien, les arbres étaient à peine fissurés, renchérit Rob. Rien de très impressionnant.

— Au contraire. Tu n'as même pas pris le temps d'observer l'arrière des arbres. Ils étaient tous détruits. C'est bien pour ça que je l'ai aidée. Cette gamine a du potentiel, trancha Yolan, une étincelle d'émerveillement dans les yeux.

Chapitre 4
Présentations sensationnelles

Koda ne dormit jamais aussi bien que cette nuit-là. L'entraînement d'hier l'avait comme ramenée à l'époque de ses huit ans. Elle avait ressenti de nouveau cette euphorie lorsque l'arbre avait chuté, la même euphorie qu'elle ressentait quand elle se mettait à danser. Elle n'avait sans doute pas le niveau de Jazz, ou encore moins celui de Yolan, mais elle avait cette envie intense de les rattraper. Le problème était qu'elle n'avait pas d'épée et ne voulait pas emprunter indéfiniment celle du garçon aux cheveux orangés car lui aussi devait s'entraîner en priorité pour le tournoi.

Elle se leva et s'habilla, puis alla dans la cuisine où elle salua joyeusement ses parents. Elle prit son petit-déjeuner à la vitesse de la lumière et prit un paquet de biscuits qu'elle fourra dans sa poche. Elle n'oublia pas non plus de prendre un bout de poulet du dîner de la veille pour le donner à Neige, qui l'attendait impatiemment devant sa maison.

— Tu prends le large ce matin ? souligna sa mère, heureuse de voir sa fille de si bonne humeur.

— C'est tout comme ! répondit-elle en refermant la porte d'entrée derrière elle.

Elle donna le poulet à Neige qui lui sauta dessus pour la remercier, puis se dirigea vers le potager comme à son habitude. Elle finit son travail plus tôt grâce à l'aide de ses parents et sa mère lui donna la permission de prendre une pause jusqu'au déjeuner. Koda en profita alors pour rendre visite aux garçons.

✣✣✣

— Regardez ce que Koda nous a apporté ! Des petits Luc, s'exclama Jazz en montrant les biscuits aux deux autres jeunes hommes.

— Tu veux acheter notre amitié avec des sucreries ? demanda Yolan, perplexe.

— Je m'inquiète pour vous, vous devez être affamés sans nourriture à proximité.

— Pathétique, soupira Rob.

— On se débrouille, crois-moi. Puis regarde Jazz, je ne pense pas qu'il ait la peau sur les os, reprit Yolan en désignant son ami d'un lever de sourcils.

Jazz bouda à l'entente de son ami.

— Je ne suis pas gros, juste un peu enveloppé !

— Au moins, Jazz mange à sa faim, la nourriture c'est le seul plaisir de la vie !

Le garçon regarda Koda, des étoiles dans les yeux, puis la prit dans ses bras.

— Oh, j'en connais d'autres des plaisirs de la vie, des plaisirs qu'on n'expérimente pas à ton âge, ajouta Rob, le ton salace.

Yolan lui donna un coup de coude dans les côtes qui le fit gémir de douleur. La jeune fille rougit, comprenant ce qu'il sous-entendait.

— Sinon Koda, qu'est-ce que tu fais ici ? Tu ne vas pas à l'école ? demanda son ami aux cheveux orange.

— L'école secondaire n'est pas autorisée aux filles, tu ne le savais pas ? À moins qu'on prenne des cours de couture, de cuisine ou d'autres tâches ménagères. Mais mes parents ont besoin de moi pour s'occuper des champs, alors je n'y vais pas.

Une ombre passa dans le regard de Yolan. Celui-ci se leva et prit son épée, qu'il accrocha derrière son épaule. Il portait un pull gris plutôt large et un slim noir qui le protégeait de la fraîcheur matinale. Ses yeux gris rencontrèrent ceux de Koda qui se mit instantanément à rougir lorsqu'elle se rendit compte qu'elle le fixait intensément.

— Tu as de la fièvre ? questionna Yolan le sourire en coin, comprenant la raison de sa gêne.

— N-Non, il fait juste chaud vous ne trouvez pas ? bégaya l'adolescente.

— Non, je ne trouve pas spécialement, constata Jazz.

Elle le supplia du regard pour trouver du soutien auprès de son ami mais celui-ci ne sembla pas comprendre.

— Ça vous dit, une balade ? proposa le chef aux cheveux violets. Il y a un endroit sympa plus haut sur la colline.

— Oui, une balade ! crièrent Jazz et Koda en chœur, avant d'éclater de rire.

Les quatre individus se mirent en marche comme quatre amis qui partaient en randonnée. Koda se sentait bien, entourée de ces personnes qu'elles ne connaissaient pas réellement. Même si sa mère lui avait toujours dit de ne pas adresser la parole aux inconnus, elle ne pouvait s'empêcher de se sentir à l'aise en leur compagnie.

De nombreux arbres bordaient le sentier sur lequel le groupe d'amis marchait. Yolan était en tête de la marche, aux côtés de Rob dont la queue de cheval fouettait le dos au rythme saccadé de ses pas. Jazz et Koda étaient restés en retrait, profitant de la vue que leur offrait le petit bois.

— Dis-moi Jazz, pourquoi tu n'es pas à l'école ?

— Tu me croiras jamais mais j'étais à la Royal School !

Koda le regarda admirative.

— Tu habitais la capitale ! Ça devait vraiment être super !

Le regard du garçon s'assombrit.

— Ça le serait, s'ils étaient moins cruels… Apparemment, les personnes bien en chair comme moi ne méritent que des insultes et parfois des coups de pied…

Le sourire de l'adolescente s'assoupit.

— Tu veux dire qu'on te faisait du mal ? Pourtant tu es si gentil, comment est-ce qu'on pourrait te faire ça…

Koda pensa à sa mère inconsciemment. Il n'y avait pas que son père au final qui était capable de tels actes et cela la désola davantage.

— Oh non, ne sois pas triste ! Au final, c'est parce que je me faisais taper dessus que j'ai pu rencontrer Yolan !

— Oh oui, je veux savoir comment vous avez fini par rester ensemble !

— Eh bien, c'est tout bête, mais il y a deux ans, des camarades de ma classe m'attendaient à la fin des cours pour m'attaquer dans une ruelle délaissée, sans que je le sache. Certains étaient armés, et j'ai pu appeler à l'aide avant que la douleur ne soit trop intense pour m'empêcher de parler.

— C'est horrible…

— Après ça, j'ai entendu quelqu'un crier et tous les pas s'éloigner. J'ai relevé la tête, et même si mes yeux étaient gonflés et brouillés de larmes, j'ai vu une main qui s'offrait à moi, pour m'aider à me relever. Depuis, je me suis juré de ne plus quitter Yolan ! Je lui dois un peu la vie, je le considère plus comme un grand frère que comme un chef, tu comprends ?

— Il a vraiment un bon fond… dit-elle la tête baissée.

— Il paraît froid et grognon, mais au fond de lui il n'hésitera jamais à venir en aide aux plus faibles. Je ne sais pas ce qu'il m'a trouvé pour me laisser l'accompagner, et il m'a même appris à combattre à l'épée pour que je puisse me défendre seul quand il n'est pas là ! Puis, j'étais d'autant plus heureux quand j'ai su que je pouvais l'aider dans son rêve, même si je dois mettre de côté le mien pour l'instant.

— Qu'est-ce que tu souhaites faire plus tard ? demanda la jeune fille, les sourcils relevés.

— Gagner le tournoi de lutte ! On peut y participer seulement à partir d'un certain poids. Je veux montrer à tous ceux qui me rabaissaient que mon corps peut être un avantage, eh eh ! s'exclama Jazz, un sourire béat sur les lèvres.

— Je peux t'assurer que tu es vraiment la plus belle des personnes que j'ai pu rencontrer, lui assura Koda.

Le garçon sentit sa gorge se serrer puis il s'arrêta soudainement de marcher, et la fille qui ne l'avait pas vu s'arrêter lui rentra dedans.

— Jazz ?

— Regarde là-bas, c'est une biche !

Koda était émerveillée. Elle ne se sentit jamais aussi proche de la nature. Mais quand elle vit Jazz l'eau à la bouche, elle ne put s'empêcher de se taper le front. Une nouvelle question lui vint en tête, mais elle entendit Yolan leur crier de se dépêcher.

Les deux jeunes personnes firent la course jusqu'au sommet et Koda arriva la première, Jazz s'étant essoufflé en cours de route. Cependant, Koda n'avait pas réussi à freiner son élan et rentra dans Yolan, puis les deux tombèrent à la renverse. Le visage de la jeune fille se retrouvant à cinq centimètres de celui aux cheveux pourpres, elle observa attentivement chaque détail de son visage. Elle remarqua qu'il avait un grain de beauté à peine visible au coin de son œil gauche ce qui attira son attention sur le gris envoûtant de ses yeux, puis elle crut voir à nouveau cet éclat violet dans ses iris. Les yeux en amande de Yolan étaient eux aussi plongés dans les yeux bleu marine de la fille. Le regard de Koda passa des yeux aux lèvres fines du jeune homme qui demandaient seulement à être embrassées, puis Yolan jeta sa tête en arrière et laissa échapper un rire cristallin qui ramena l'adolescente à la réalité.

Morte de honte, elle se releva subitement et se roula en boule dans un coin en se prenant la tête dans les mains. Elle n'avait jamais ressenti ça auparavant. C'était un autre sentiment de passion que celui qu'elle ressentait quand elle dansait. Les images de sa chute envahirent son esprit et elle n'arrivait même plus à réfléchir normalement.

— Tu es maladroite de nature ou c'est moi qui te fais cet effet ? demanda Yolan qui continuait à rire.

— Tu me fais cet effet, c'est évident, répondit-elle, toujours en boule.

Koda se rendit compte qu'elle avait répondu ces quelques mots à voix haute.

— Je suis maladroite, je suis maladroite ! se corrigea-t-elle en se relevant d'une traite et en pleurant de gêne.

— Heureusement que le ridicule ne tue pas, se lassa Rob.

Jazz accourut et frappa l'épaule du brun.

— T'as entendu ou j'ai rêvé ? Le chef a ri !

— Ouaip et heureusement que ça lui arrive pas souvent, il a vraiment un rire de vieille fille.

Le garçon aux cheveux orange leva les yeux au ciel, excédé par ce défaut de sensibilité de la part de son camarade.

— C'est magnifique ! reprit la jeune fille.

En effet, elle aperçut la vallée qui était surplombée par la colline. De là où ils se trouvaient, ils pouvaient observer la totalité de la forêt. Elle fut même capable d'apercevoir sa maison en contrebas. Une légère brise la fit frissonner. Avant même de pouvoir replacer son chapeau de paille sur la tête, elle sentit une masse atterrir sur le dessus de son crâne.

— Enfile ça, ce serait dommage de mourir d'un rhume, fit Yolan.

Elle se retourna et constata qu'il avait retiré son pull gris, le voyant simplement vêtu d'un t-shirt large noir. Elle se sentit mal pour lui en le voyant si peu vêtu, mais s'empêcha de le fixer plus longtemps par peur de faire passer le mauvais message.

Un léger bruit se fit entendre au niveau des buissons de ronces, puis la jeune fille fronça les sourcils quand elle vit les trois garçons se rapprocher dangereusement de la broussaille.

— Rob, Jazz, stratégie numéro trois.

Koda ne comprit rien à ce qu'il venait d'ordonner, mais les deux interpellés se placèrent respectivement à la gauche et à la droite de Yolan, qui lui se trouvait au centre. De cette manière, les deux garçons couvraient les arrières de leur chef.

— Qui va là, interrogea Yolan, le regard sévère.

Le buisson remua puis après quelques secondes un lapin fit son apparition.

— Un lapin ! cria Jazz qui lui courait déjà après, un filet de bave au coin des lèvres.

Yolan poussa un soupir de soulagement.

— Tu pensais qu'ils étaient revenus ? demanda Rob.
— Ça m'étonnerait pas qu'ils soient déjà là mais qu'ils aient fui en entendant ma voix…
— Qui ça ? demanda Koda, un peu perdue.
— C'est une longue histoire… dit Yolan en guise de réponse.

L'ambiance avait tout de suite été refroidie par cet évènement. Koda s'en voulut d'avoir cédé à la curiosité.

— Bon Koda, attrape et montre-nous ce que tu sais faire.

La jeune fille fixa le jeune chef qui lui lança cette fois un objet en bois plutôt long. Une fois dans ses mains elle remarqua qu'il s'agissait d'une petite épée sculptée dans le bois d'un hêtre.

— C'est toi qui l'as fabriquée ? demanda Koda impressionnée.

Le garçon aux cheveux pourpres acquiesça. Koda fut touchée par le geste de ce dernier.

— Elle est à toi si tu nous prouves que tu la mérites, continua-t-il.

La fille aux cheveux bleu marine acquiesça.

— Mais avant de vous montrer quoique ce soit, on ne devrait pas faire officiellement connaissance ? J'ai l'impression d'être un peu de trop parmi vous…
— Et ce n'est pas qu'une impression. M'enfin, les deux autres ont l'air de s'être attachés à toi pour je ne sais quelle raison, siffla Rob, jouant avec sa queue de cheval.
— On fera connaissance si tu en vaux la peine, sinon je crains qu'on ne puisse plus se revoir, reprit Yolan ignorant la remarque de Rob.

Rob sourit à la proposition de son chef. Jazz, lui, semblait triste et frissonna.

— Tu devras maîtriser ce coup-ci avant la fin de la journée.

Yolan se posta devant un arbre, dégaina son épée et donna un léger coup horizontal. L'arbre devant lui fut tranché latéralement. Il attendit quelques secondes de plus et les cinq autres arbres qui se trouvaient derrière le premier furent également tranchés.

— Mais c'est impossible !
— Tu n'as besoin d'en trancher qu'un seul, ce sera validé.
— Et je n'ai qu'une épée en bois ! se plaignit Koda.

Yolan saisit l'épée en bois et d'un même geste, mit à terre six autres arbres.

— Comme tu le vois, ça ne change rien, sourit-il. Jazz, reste avec elle. Rob et moi allons surveiller les environs pendant ce temps.

— Elle va jamais y arriver, se moqua le brun quand ils furent un peu plus éloignés.
— J'ai confiance en elle, assura Yolan.

Deux heures s'écoulèrent quand Koda laissa tomber son épée, à bout de forces. Elle n'avait même pas réussi à trancher la moitié du tronc depuis tout ce temps. Jazz ne savait plus quoi dire pour encourager son amie.

— Jazz, je suis vraiment qu'une bonne à rien, dit-elle au bord des larmes.
— Ne dis pas ça Koda ! C'est normal, ça ne fait pas beaucoup de temps que tu as commencé. J'ai mis une semaine à maîtriser ce coup-là !

Koda pleura pour de bon et son ami se frappa le crâne.

— Yolan veut juste se débarrasser de moi, conclut la fille, désespérée.
— Non, il ne t'aurait pas demandé d'apprendre ce coup-là s'il voulait seulement te voir partir, il te l'aurait dit directement ! Ça serait vraiment bas de sa part, ça ne lui ressemblerait pas. Ce serait plus cohérent si ça avait été une idée de Rob…

Koda essuya quelques larmes à l'aide des manches du pull de Yolan, puis reprit son épée. Elle repensa à l'entraînement de la veille et se plaça tel que le chef lui avait conseillé. Elle se concentra, et de la même façon, réussit à trancher une bonne moitié de l'arbre.

— Ça commence ! s'écria-t-elle avec optimisme.

— Yolan dit toujours que l'esprit joue un rôle essentiel dans ce coup, surtout si ta lame est bonne à jeter. Il dit toujours qu'il suffit d'y croire, et ça marche la plupart du temps !

La jeune fille écouta attentivement son ami et se remit à l'œuvre.

✣✣✣

— Bon, chef, ça doit bien faire quatre heures qu'on vagabonde dans la forêt et il n'y a pas la trace d'un seul gars de l'armée royale, soupira Rob.

— On peut retourner auprès des deux autres dans ce cas. Je m'en veux d'avoir été strict avec Koda, je me suis peut-être trompé sur son compte et j'aurais dû lui demander de partir directement…

Rob émit un rire perfide.

— Si j'ai bien compris, tu veux voir si elle est capable de se défendre seule si elle rencontre des problèmes à cause de nous, n'est-ce pas ? Dans le cas contraire, tu préfères qu'elle reste loin de nous pour qu'elle soit en sécurité… Tu as trop bon cœur Yolan, c'est ce qui te perdra un jour ou l'autre.

Yolan ne dit rien, sachant très bien que Rob ne pouvait pas comprendre ce qu'il ressentait. Soudain, de fines particules bleutées apparurent dans l'air, telles de petites lucioles.

— Rob, regarde !

Autour d'eux, un champ énergétique s'était formé à la périphérie de la forêt. Ils se regardèrent surpris, et accoururent vers la colline.

Une fois arrivés et à court de souffle, ils virent Koda qui venait de raser la dizaine d'arbres qui se trouvait autour d'eux.

— Nom d'une catin, jura Rob les yeux grands ouverts.

Yolan eut un large sourire devant cette scène et la jeune fille ouvrit les yeux. Elle crut d'abord voir une grande lame en acier dans sa main, mais la lueur bleue se dispersa, en même temps que le champ énergétique en périphérie.

— Qu'est-ce que c'était ? demanda-t-elle, déconcertée.

— Et si on se présentait, avant ? demanda Yolan, une lueur de fierté dans ses yeux.

Chapitre 5
Tournoi violacé

Koda crut d'abord à une hallucination provoquée par l'adrénaline et la fatigue intense qu'éprouvaient ses muscles. Autour d'elle, Jazz avait la bouche grande ouverte, bientôt rejoint par Rob. Yolan, quant à lui, arborait simplement un sourire lui arrivant jusqu'aux oreilles. Elle ne pensait jamais voir un jour ces expressions sur leur visage.

— Dis Yolan, c'est bien son champ énergétique qu'on vient de voir ? l'interrogea Jazz.

— Mon quoi ?

— Ton champ énergétique, reprit Yolan. Quand tu rentres en harmonie parfaite avec ta lame, tu dégages ce qu'on appelle un champ d'énergie, qui peut être perçu par d'autres qui ont déjà expérimenté de tels phénomènes. Il se développe surtout quand ta foi dépasse l'entendement. Tu as cru y arriver en t'imaginant une épée bien plus puissante, pas vrai ?

La jeune fille acquiesça même si elle n'était pas sûre d'avoir tout compris. Tout ce qu'elle savait, c'est que cela devait être un évènement impressionnant pour qu'ils puissent paraître aussi admiratifs.

— Je ne me suis jamais sentie aussi bien à ce moment-là, puis quand j'ai ouvert les yeux, j'ai cru voir une lumière bleue et une véritable épée dans la main, s'enthousiasma-t-elle.
— Tu es vraiment incroyable Koda !

Jazz se jeta à son cou et la serra fort contre son ventre en guise de câlin.

— Jazz, tu m'étouffes un peu là… dit-elle en riant, une larme qui perlait au coin de son œil.
— Tu pleures ? Je t'ai fait mal quelque part ? s'inquiéta vivement son ami aux cheveux orangés.
— Non, je suis juste heureuse ! C'est la première fois que j'ai la sensation d'avoir réussi quelque chose…

Yolan s'approcha d'elle et prit son visage entre ses mains, puis d'un geste qui se voulait tendre sécha ses larmes d'un coup de pouce. Les deux autres garçons regardèrent la scène l'air intrigué.

— Je m'appelle Yolan Torndwy et j'ai dix-huit ans, lui dit-il d'une voix sérieuse. Je pratique l'épéisme depuis mes douze ans et mon rêve est de remporter le tournoi du Colisée qui se déroule à la période du festival des Passions, en octobre prochain.

Koda ne pouvait détourner les yeux de son visage, le sien encore emprisonné entre ses mains.

— Moi c'est Rob Winkleigh, vingt-deux ans. J'ai retrouvé Yolan mon pote d'enfance il y a quatre ans et quand il m'a proposé de le suivre, j'ai suivi. Quel genre d'ami pourrait refuser un tel service ?

Tous les regards se tournèrent vers Jazz.

— Jazz Daler à votre service ! Quatorze ans et meilleur ami de Koda, sourit-il. Ça fait deux ans que je combats à l'épée mais mon niveau n'en est pas moins mauvais que celui des deux autres gugusses. À vrai dire, sans moi Yolan ne pourrait même pas accomplir son rêve !

Rob lui pinça le bras.

— Aie ! OK, il pourrait peut-être aller jusqu'en finale sans mon aide…

— Donc vous allez tous participer au tournoi ? demanda l'adolescente.

— Pour pouvoir participer, il faut avoir une équipe composée de trois personnes. Une des épreuves est consacrée à un combat en équipe, informa le jeune chef.

— Notre équipe est forcément gagnante, t'as vu !

Koda ne put réprimer un sentiment de solitude. Ils étaient là tous les trois soudés par un lien profond que même elle ne pouvait perturber.

— D'autres conditions sont imposées pour participer au tournoi ?

— Avoir dix-huit ans minimum, ne pas être inscrit à un autre tournoi simultanément, et… être un homme, répondit Yolan.

Le cœur de Koda se brisa. Même si elle débutait dans ce domaine, participer au tournoi devait être quelque chose d'inoubliable.

— C'est pour ça que je ne peux pas participer à celui de lutte, ajouta Jazz à l'égard de la bleue.
— Tu peux toujours y participer Jazz, je peux me débrouiller pour dénicher quelqu'un d'autre, le rassura Yolan.
— Jamais je ne t'abandonnerai ! Ça va pas la tête !

Yolan eut un sourire en coin.

— Quelles sont les conditions pour gagner ? demanda la bleue, plus que curieuse.
— Soit pousser ton adversaire à admettre sa défaite, soit… le tuer, répondit le chef.

La jeune fille écarquilla les yeux et son cœur rata un battement.

— Vous êtes prêts à risquer votre vie ?
— C'est important pour moi, Koda. Et puis, ressentir le danger est une puissante source d'adrénaline. C'est un sentiment unique à ressentir au moins une fois dans sa vie.
— Voir ton adversaire mourir est aussi quelque chose de mémorable à vivre, continua Rob.
— Rob ! On en a déjà parlé et on ne tuera personne, c'est compris ? Si tu tues ne serait-ce qu'une seule personne, je déclarerai forfait.
— T'es pas drôle, chef… soupira le brun, une lueur sadique dans le regard.

Koda voulut se cacher derrière Jazz, mais ce dernier se réfugiait déjà derrière elle. Elle sourit puis entendit son ventre gargouiller.

— Zut ! J'ai raté le déjeuner, ma mère va être furax !

Elle ramassa son chapeau qu'elle avait laissé tomber lors de son entraînement puis prit ses jambes à son cou.

— Koda ! cria Yolan.

Celle-ci se retourna et intercepta son épée en bois qu'elle avait laissée derrière elle. Elle lui sourit pour le remercier et reprit sa course.

— Elle est partie avec ton pull, constata Jazz.

Yolan eut un rire léger et haussa les épaules.

— Raison de plus pour elle de revenir nous voir.

✣✣✣

— Maman !

Sa mère sortit la tête de la fenêtre et aperçut sa fille cadette courir en direction de la maison. Elle se dépêcha d'aller lui ouvrir la porte d'entrée.

— Il est deux heures de l'après-midi passées Koda ! Où étais-tu ? Je m'inquiétais terriblement !

— Je suis désolée, je jouais avec un ami que j'ai rencontré il n'y a pas longtemps.

Sa mère eut l'air intriguée, un rayon de soleil éclairant son doux visage.

— Un ami ? Et est-ce que ce pull lui appartient ?

Koda rougit en voyant le pull que Yolan lui avait prêté.

— Oui, il faisait un peu frais pendant la balade. Je suis vraiment désolée d'avoir raté le déjeuner…

— Ce n'est pas grave, heureusement que ton père n'est toujours pas revenu non plus ! Tu aurais passé un mauvais quart d'heure.

Koda fut soulagée d'apprendre la nouvelle.

— Est-ce qu'il me reste toujours une part ?

— Bien sûr, viens te mettre à table et vite !

La jeune fille se précipita dans la cuisine et mangea son plat goulûment. Elle se servit un verre d'eau puis quand elle but une gorgée, sa mère qui la regardait avec un sourire taquin aux lèvres prit la parole.

— Est-ce que je pourrais rencontrer ce fameux ami ?

Koda recracha l'eau qu'elle venait de prendre.

— Koda ! C'est dégoûtant, qu'est-ce qu'il te prend ?

— Mais tu m'as surprise à demander une chose pareille ! répondit-elle en s'essuyant à l'aide d'une serviette.
— Tu n'as jamais eu d'amis à ma connaissance, tu méprisais tous les enfants du village alors maintenant que tu en as un, il m'intrigue !
— Je te le présenterai plus tard s'il est d'accord alors, dit Koda en pensant à son ami aux cheveux orange.

Après tout, Jazz était le seul qu'elle pouvait présenter puisqu'il avait son âge. Ça aurait été bizarre de lui présenter Yolan ou pire, Rob.

Koda avala son plat et se dirigea vers la porte d'entrée pour sortir de nouveau.

— Tu crois aller où comme ça ? Tu restes à la maison, tu t'es assez baladée pour aujourd'hui ! intima sa mère.

La fille de Mme Gwyneth s'arrêta en pleine action et referma la porte. Elle laissa glisser un long soupir mais comprit qu'elle avait déjà assez profité de sa pause matinale.

— Je peux t'aider à planter quelque chose d'autre ?
— Tu fais bien de demander, ma puce. J'ai quelques mauvaises herbes à enlever, si jamais tu veux me donner un coup de main, j'accepterai volontiers !

Koda hocha la tête, un joli sourire aux lèvres.

— J'étais épuisée hier en semant les graines de crocosmia ! Je n'ai même pas pu faire la moitié de ce que je fais d'habitude, se plaignit la jeune aux cheveux bleu marine à Jazz.

La jeune fille à la chevelure bleutée était revenue dès les aurores, impatiente de passer sa journée de repos auprès de ses nouveaux amis. Elle leur avait simplement dit qu'elle était revenue pour rendre le pull de Yolan, mais ils savaient très bien qu'elle n'osait juste pas avouer qu'elle appréciait passer son temps à leurs côtés.

— J'adore les crocosmias, ils me rappellent la maison, fit ce dernier rêveur.

— C'est normal, le champ énergétique consomme une bonne partie de ton énergie vitale, il faut que tu t'entraînes à l'utiliser avec modération, renchérit Yolan qui marcha d'un pas pressé derrière le tronc d'arbre sur lequel étaient assis les deux jeunes adolescents.

— Tu cherches quelque chose, Yolan ? demanda la jeune fille.

— Je ne sais pas où est passée la bague… ah si, la voilà !

Le jeune homme s'essuya le front de soulagement.

— Elle a vraiment l'air d'être plus que précieuse à tes yeux… J'aimerais bien savoir pourquoi !

— Tu es beaucoup trop curieuse, on te l'a déjà dit ?

— Non, souvent on répond à mes questions sans me reprocher quoique ce soit, répondit-elle.

Yolan rit doucement.

— Peut-être une autre fois, c'est assez triste comme histoire. Je dois partir en ville, je vais faire quelques courses pour le dîner.

— Des courses ? À l'épicerie, tu veux dire ? Pourquoi donc ? demanda l'adolescente de sa curiosité naturelle.
— C'est l'anniversaire de Rob répondit Jazz, croquant dans une pomme.
— Tu peux te joindre à nous si tu veux, proposa Yolan.
— C'est gentil, mais je ne pense pas que mon père accepte…
— Comme tu voudras, fit simplement celui aux cheveux violets, en leur faisant un signe de main.

Koda resta aux côtés de Jazz pendant un long moment à contempler le ciel, silencieusement. Sans s'en rendre compte, elle s'endormit paisiblement, le chant apaisant des oiseaux dans les oreilles et les rayons du soleil la berçant tendrement de leur douce chaleur.

Quand elle ouvrit les yeux, elle paniqua, prenant conscience de sa solitude.

— Jazz ? appela celle-ci.
— Il est parti vider sa vessie, répliqua une voix qui la fit frémir.

Elle se retourna, frotta ses yeux puis fut terrifiée quand elle vit Rob au-dessus d'elle. Elle se releva pour se mettre à sa hauteur et tenta de calmer son rythme cardiaque. Elle se sentit en danger, seule avec le plus sadique des trois.

— Joyeux anniversaire Rob, Yolan m'a dit que c'était aujourd'hui ! essaya-t-elle d'entamer une conversation.

— C'est gentil de ta part, princesse.

Dans la bouche de quelqu'un d'autre, elle se sentirait flattée, mais dans celle de Rob, elle se sentit seulement écœurée.

— Bon, je vais sans doute rentrer… fit-elle, en voyant que la conversation devenait plus embarrassante qu'autre chose.

— Koda, commença-t-il en lui prenant le poignet. Ton rêve est bien d'entrer à la Royal Academy n'est-ce pas ?

Koda acquiesça, mais se méfiait tout de même de l'air manipulateur du brun. Son instinct lui criait de partir suite à son geste.

— Il y a bien un moyen pour toi d'y aller, du moins de t'en approcher, continua Rob. Seulement, Yolan ne voulait pas t'en parler, il jugeait cela déplacé pour une fille de ton âge.

La fille aux cheveux bleus tourna la tête, ne comprenant pas où voulait en venir le brun.

— Je m'explique : comme on te l'a déjà dit hier, on s'inscrit au tournoi par équipe de trois… ou de quatre. En fait, si on paye un peu plus notre inscription, on peut emmener une femme. Peu importe l'âge de celle-ci quand elle peut assouvir les désirs de ses coéquipiers, tu comprends ?

Koda se sentit piégée et son cœur cogna contre sa cage thoracique.

— Ne t'en fais pas, on ne te demanderait pas de telles choses. Jazz n'a pas encore dépassé le stade de la puberté, Yolan est bien trop chaste, mais moi…

Il eut un rire carnassier.

— Enfin bref, c'est peut-être pour toi la seule occasion de pouvoir être hébergée comme une reine auprès de l'académie. Puis, c'est au moment du festival que celle-ci ouvre ses auditions aux nouvelles candidates. Alors ? Est-ce ce que t'accepterais de te plier à mes ordres en échange de pouvoir accéder à ton rêve ?

C'était mesquin. Koda se mordit la lèvre inférieure pour s'empêcher de pleurer. Elle voulut crier à l'aide alors que Rob était censé être l'ami de ses amis, ce qui aurait dû faire de lui un ami… un allié ! Si elle se retournait contre lui, est-ce que ses deux autres amis lui tourneraient le dos ?

Jazz mettait du temps pour revenir de sa pause pipi, mais elle se rappela que le garçon avait tendance à se perdre. Rob avait profité de cette étourderie pour l'attaquer. Sans témoins, elle ne pouvait pas l'accuser, elle n'avait pas de preuves !

En plein débat intérieur, elle ne remarqua pas le brun ténébreux s'approcher d'elle, un sourire obscène aux lèvres.

— Le chef te veut à lui seul, ça crève les yeux. Pourquoi tu ne voudrais pas rester avec moi ? Je suis un bien meilleur coup, lui chuchota-t-il dans l'oreille en lui prenant la joue d'une main.

D'une autre main, il agrippa fermement la hanche de l'adolescente, la forçant à rapprocher son bassin contre le sien.

Elle se mordit l'intérieur de la joue, mais pour se rassurer, elle se félicita d'avoir mis une salopette compliquée à retirer.

— Je dérange peut-être ? fit une voix qu'elle reconnut.

Devant elle se tenait Yolan qui venait de lâcher les sacs de course, trop choqué par la scène à laquelle il venait d'assister.

— T'arrives pile à temps, dit Rob. Un peu plus tard et elle m'aurait sauté dessus. Les femmes, toutes les mêmes.

Un rire moqueur s'échappa de ses lèvres fines.

— Rob, comment tu peux être si dégueulasse, s'énerva Yolan.
— Ah, c'était pas mon cadeau d'anniversaire, mince alors, ironisa-t-il en tournant les talons.

Il partit laissant derrière lui une Koda traumatisée. Cette dernière tomba à genoux, le choc l'empêchant de fondre en larmes. Quand elle releva la tête, elle vit Yolan lui tendre la main. Mais elle crut s'évanouir quand elle remarqua que les yeux du jeune homme étaient devenus violets.

✣✣✣

— Mes yeux sont violets quand des émotions fortes m'accablent, expliqua Yolan. Désolé de te l'avoir caché mais je n'avais pas assez confiance en toi…

Koda ne pouvait pas dire combien de temps elle avait somnolé après ce qui s'était passé. Elle contempla les environs mais ne put bouger son cou comme elle le souhaitait, sentant sa nuque raidie. Elle comprit néanmoins qu'ils étaient dans la cabane du lac, et que sa tête avait dû reposer contre le rocher qui s'y trouvait, sur lequel Yolan était assis. À l'extérieur, elle entendit la voix de Jazz s'élever contre quelqu'un qui ne pouvait être que le brun qui avait cherché des ennuis à la bleue.

— En temps normal, je me sentirais vexée, mais je comprends. Tes yeux sont recherchés, n'est-ce pas ?

— C'est ça… tu connais déjà le sujet, on dirait.

— C'était toi alors, il y a six ans, qui fuyais les gardes ? Et tu es allé en prison après ça ?

Yolan rit doucement.

— Ta curiosité ne me lassera jamais, dit-il en la regardant d'un air bienveillant. Eh bien, oui, c'était moi. Quand tu m'as rendu la bague, j'avais reconnu tes grands yeux bleus. Et oui, j'ai aussi fait deux ans de prison. J'aurais dû faire bien plus étant un fugitif et enfant d'une femme aux yeux violets, mais j'ai sympathisé avec un gardien de prison qui m'a pris sous son aile et m'a fait découvrir tout l'art du sabre.

— Un peu de chance dans la malchance…

— M. Conroy est mort, lui aussi, soupira-t-il tragiquement. Il m'a aidé à m'échapper, mais a dû en payer le prix…

Koda eut un hoquet de surprise et baissa les yeux qui s'étaient remplis de tristesse.

— Et… pourquoi tu fuyais ?

Yolan réfléchit profondément, hésita quelques instants puis respira longuement.

— J'ai assisté au meurtre de mes parents, ce jour-là…

La jeune fille se passa les mains sur le visage.

— Des chasseurs de primes sont arrivés et ont attaqué ma mère… ils ont visé ses yeux pour les récupérer. Mon père a voulu la défendre mais lui aussi a succombé à ces bandits. Cette bague était tout ce qu'il me restait d'elle, je m'en suis voulu de l'avoir perdue. J'ai l'impression que ma mère vit toujours en elle, tu sais. Au final, je me dis qu'en prison je n'aurais pas pu la garder bien longtemps ! Je t'en suis vraiment reconnaissant de l'avoir conservée avec autant de soin, et de me l'avoir rendue surtout.

Yolan eut un léger rire cristallin dans lequel on pouvait déceler une pointe de nostalgie. Koda sourit et posa sa main sur celle du jeune homme pour le rassurer, puis lui fit signe de continuer son récit en inclinant légèrement sa tête.

— Après coup, j'étais si traumatisé que je ne savais pas vraiment quoi faire. Si je restais paralysé, j'aurais aussi été tué. Je n'ai eu que l'idée de courir sans jamais m'arrêter, en essayant de canaliser mes émotions pour ne pas faire apparaître le violet de mes yeux. Ça n'a pas fonctionné. Des gardes m'ont aperçu fuir en direction opposée du meurtre, et ont cru que j'étais le coupable. Ils ne m'ont jamais innocenté, mais M. Conroy me croyait. Il se doutait bien que ce n'était pas un enfant aux yeux violets qui allait tuer d'autres personnes de son espèce, d'autant plus qu'il s'agissait de mes parents ! Là-bas, je n'avais plus jamais dévoilé cette couleur, et je me suis fait un peu oublier. Une chance que je ne les aie pas permanents, mon père n'avait pas les yeux violets...

— C'est vraiment horrible ce qui t'est arrivé et je suis sincèrement désolée d'apprendre tout ça. J'ai l'impression de t'avoir forcé à me raconter des choses aussi intimes...

— C'est pas fini, mais si ça devient insupportable je te raconterai la suite plus tard. Tu devrais rentrer te reposer auprès de tes parents, tu as vécu ton lot de péripéties aujourd'hui...

Comment Koda pouvait-elle trouver son histoire insupportable ? Elle n'avait pas le droit de juger cette histoire alors qu'elle devait être encore plus insupportable à raconter pour Yolan, qui avait vécu toute cette misère.

— Non ! Je veux entendre la suite ! s'exclama-t-elle en lui prenant l'avant-bras pour le faire s'asseoir auprès d'elle.

Yolan qui venait de se relever eut un sourire triste, puis se rassit.

— Le tournoi est important pour moi, commença-t-il sous le regard interloqué de la jeune fille. D'abord pour rendre hommage au vénérable M. Conroy, ensuite pour remporter le premier prix. Ce sont les yeux de ma mère.

Koda ne sut quoi dire tant elle avait l'impression d'assister à une histoire tirée par les cheveux. Elle voulait que tout cela ne soit qu'un rêve, enfin, on pouvait plutôt parler de cauchemar dans son cas.

— Voilà, tu sais tout. D'ailleurs Koda, je comprendrais si tu ne veux plus revenir, ajouta-t-il en lançant un regard noir à Rob qui fumait une énième cigarette, non loin de l'entrée de la cabane.

— Tu sais quoi Yolan ? Ma mère voulait que je lui présente un ami. Tu devrais venir à la maison un jour ou l'autre, lui proposa Koda.

L'adolescente déposa un baiser protecteur sur le front de Yolan, qui eut quelques rougeurs apparentes, chose qui ne lui arrivait que rarement. Ses yeux violets ne montraient que de la sympathie à l'égard de la jeune fille.

Celle-ci se remit en route pour rentrer chez elle, rougissant encore de sa proposition qui lui tournait dans la tête. Cette pensée fut vite remplacée par l'acte de Rob et par l'histoire terrifiante du jeune homme. Une vague de nausées la prit violemment : elle dut s'arrêter pour rendre tripes et boyaux au pied d'un arbre.

Koda ne savait plus quoi penser. La jeune fille se retrouva perdue, dans l'immensité d'une société injuste.

Chapitre 6
Rendez-vous galant

La jeune adolescente se retourna dans son lit et remit sa couverture au-dessus de sa tête quand elle sentit les premiers rayons du soleil sur son visage. Ce matin-là, Koda ne voulait pas se lever de bonne humeur après les évènements de la veille. Elle avait passé une nuit affreuse à cause de terribles cauchemars où ses amis souffraient de la perte d'êtres qui leur étaient chers. Rob faisait aussi partie de ce sombre rêve, mais lui ne subissait aucun méfait : c'était lui qui les faisait subir.

Elle se rendormit aussi vite qu'elle fut réveillée, jusqu'à ce qu'elle entendît quelqu'un frapper à sa porte.

— Koda ? Je peux entrer ?

La jeune fille reconnut la voix de sa mère. Elle poussa un grognement puis retira sa couverture.

— Je t'avais bien dit de te ménager un peu, tu n'as pas arrêté de travailler avec acharnement ces derniers jours, continua-t-elle en rentrant dans la pièce.

Koda ne répondit que d'un soupir, lassée.

— Oh, ça sent la déception amoureuse ça, reprit Mme Gwyneth en s'asseyant aux pieds de Koda.

La concernée releva son buste d'une traite, des rougeurs apparaissant sur ses joues.

— N'importe quoi, où vas-tu chercher des sottises pareilles !
— C'est bizarre mais ta réaction confirme mon hypothèse, répondit-elle en riant. L'ami dont tu me parlais serait plus qu'un simple ami mais il t'aurait rejetée ?

L'adolescente rouspéta. Elle n'osait pas lui avouer qu'elle avait été victime des attouchements d'un homme qu'elle ne connaissait pas vraiment, rencontré quelques jours plus tôt dans la forêt.

— Tu as l'âge de tomber amoureuse, tu sais. Mais avant toute chose, tu dois faire attention si jamais vous avez des rapports...

Koda se boucha les oreilles, trop embarrassée d'entendre de telles choses à un moment aussi mal choisi.

— On en reparlera quand tu seras prête, ricana sa mère. Allez, viens prendre le petit-déjeuner, il est bientôt dix heures.

Au moment de s'habiller, l'adolescente opta pour une tenue qui cachait ses formes, bien que celles-ci n'étaient déjà pas très développées. Elle remit une salopette différente de la veille et enfila un pull beaucoup trop grand pour elle par-dessus. On pouvait presque ne pas distinguer que Koda était une femme, si elle n'avait pas ses cheveux longs et soyeux lui tombant sur les épaules et ses grands yeux lumineux. Elle voulait simplement oublier la sensation de la main de Rob sur sa hanche.

Dans la cuisine, Koda n'arrivait pas à trouver l'envie de manger ses œufs brouillés. Elle ne pouvait pas ouvrir la bouche devant sa fourchette, et la reposait dans son assiette. Elle recommença ce geste maintes fois, ce qui n'échappa pas à sa mère.

— Koda ? Tu ne te sens pas bien chérie ?
— Non pas tellement… mais ils ont l'air délicieux comme d'habitude !

Sa mère paniqua. Même quand sa fille était malade, elle ne refusait jamais de manger un bon petit plat.

— Koda, tu veux m'en parler ? Ça a l'air plus grave que d'habitude, questionna la mère de famille en reposant son torchon sur le plan de travail.

En entendant le ton inquiet de sa mère, la jeune fille explosa alors en sanglots. Elle ne pouvait toujours pas accepter la peur qu'elle avait eue la veille seule face au brun ni le fait qu'elle n'avait pas tenu la promesse faite à sa mère au sujet de l'individu aux yeux violets. Koda réfléchit alors quelques instants : elle ne pouvait pas le dire à sa mère, celle-ci l'interdirait d'y retourner et elle serait contrainte d'obéir. Cependant, elle voulait vraiment revoir Yolan, et prendre des nouvelles de Jazz. Elle se rendit compte qu'elle était très attachée à ces derniers, puis elle ne pouvait pas laisser tomber Yolan de cette manière après qu'il se fut enfin ouvert à elle. Ce dernier lui avait également porté secours lors de l'incident alors elle voulait absolument lui rendre la pareille.

— T… Tu avais raison, je crois que c'est une déception amoureuse, mentit-elle en s'essuyant quelques larmes.

Sa mère sourit, l'air victorieux d'avoir pu mettre le doigt sur la raison de la triste mine de sa fille.

— Comment s'appelle-t-il ?

Koda hésita puis se mit à rougir ardemment. Elle haïssait par-dessus tout de mentir à sa mère.

— Y… Yolan, répondit-elle, le feu aux joues.
— Quel beau prénom, tu devrais l'inviter à déjeuner demain, ton père ne sera pas là. Vous pourriez essayer de vous rabibocher comme ça !

Koda acquiesça et prit sa mère dans ses bras, d'une accolade qui se voulait rassurante.

— Et si on passait le reste de la journée ensemble ? Je n'ai pas très envie de le revoir aujourd'hui, demanda-t-elle en pensant à Rob.
— Bien sûr, ma puce ! On peut essayer ce fameux dessert qui te tentait une fois, dans la vitrine de la boulangerie.

Sa fille cadette sourit de toutes ses dents. Elle se sentait bien plus apaisée suite à sa discussion avec sa mère. Elle espérait juste qu'elle ne ferait pas de commentaires embarrassants au sujet de Yolan.

Koda avait passé toute la journée de la veille avec sa mère, ce qui lui avait fait oublier les évènements des jours derniers. Entre cuisine et promenades en ville, les deux femmes s'étaient créé de nouveaux souvenirs. De bonne heure, Koda s'était rendue auprès du lac pour inviter Yolan à déjeuner. Par chance, elle le vit seul, comme à leur première rencontre. Elle fit craquer des brindilles sèches sous son pied ce qui attira l'attention du violet, qui, à la plus grande satisfaction de Koda, ne lui avait pas lancé de pierre cette fois-là.

— Koda ! s'exclama-t-il, les yeux pétillants de bonheur à la vue de la jeune fille.

Cette dernière regarda aux alentours et fut rassurée de ne pas tomber sur Rob.

— Ils sont partis patrouiller, si c'est eux que tu cherches, reprit-il en se relevant. Tu n'aurais pas dû revenir, tu dois encore être sous le choc…

Koda réduisit la distance entre elle et Yolan en se jetant directement dans ses bras. Elle s'accrocha au pull kaki du jeune homme fermement en réprimant quelques larmes qui ne lui tardèrent pas à venir. Contre toute attente, celui-ci resserra son étreinte.

— Merci Yolan… Pour avant-hier. Si tu n'étais pas intervenu, j'ose même pas imaginer ce qu'il m'aurait fait…

— Tu sais, Rob…

— Chut, je préfère ne plus y penser si tu le veux bien… Je voulais te proposer de venir manger à la maison, dit-elle en le regardant dans ses yeux gris, tenant toujours son pull vigoureusement. Enfin non, ce n'est pas une proposition : c'est un ordre.

Yolan rit légèrement et passa une main dans les cheveux bleus de la plus jeune. Celle-ci se surprit à ne pas rougir malgré leur proximité.

— Puisque c'est si gentiment demandé, sourit-il. Tu ferais une bonne cheffe, je pense.

Cette dernière phrase fut plus chuchotée pour lui-même que partagée à Koda.

— C'est la maison qu'on pouvait apercevoir en contrebas de la colline ? demanda-t-il.
— Oui ! Essaye de venir pour treize heures, lui dit-elle en rebroussant chemin.

Yolan observa les cheveux longs de la jeune fille flotter dans le vent, telles des vagues dans un océan azur.

— Je suis content que tu sois revenue, dit-il à voix basse.

✣✣✣

Koda fit une pause et observa son reflet dans le miroir de sa chambre. Elle s'était vêtue d'une robe bleue fleurie, avec un joli nœud entrelacé dans le dos. Elle avait décidé d'enlever ses vêtements larges car savoir Yolan à ses côtés lui procurait un sentiment de quiétude.

Elle noua ses longs cheveux en un chignon décoiffé, laissant quelques mèches entourant son visage. Elle regarda à nouveau sa silhouette mais se mit à complexer : elle n'avait pas beaucoup de poitrine et ses fesses étaient loin d'être joliment bombées. Elle décida finalement de mettre un soutien-gorge qui appartenait à son aînée pour donner une forme plus voluptueuse.

Quand elle sortit de sa chambre, elle croisa sa mère qui faillit laisser tomber les assiettes qu'elle tenait.

— Tu dois vraiment beaucoup l'aimer ! s'exclama sa mère, heureuse de voir sa cadette épanouie.

Koda se contempla dans le reflet de la fenêtre et rougit. Elle ne s'était jamais donné autant de mal pour un simple déjeuner. Pourtant, elle avait vraiment envie de lui plaire. Elle comprit inconsciemment que Yolan ne la laissait pas indifférente, et à ce moment même, elle ressentit des picotements dans son ventre. Elle connaissait l'amour, pour l'avoir lu dans de nombreux romans à l'eau de rose que Noji adorait dévorer lors de son temps libre, mais elle ne l'avait jamais ressenti et encore moins expérimenté. Puis elle se tapa le front : le jeune homme ne pouvait la voir différemment d'une gamine et comme l'avait dit Rob, cela ne devait pas intéresser le jeune chef. Une vague de tristesse l'envahit soudainement.

Elle aida sa mère à mettre la table, puis elle regarda l'heure et alla à la fenêtre quand elle aperçut qu'il était treize heures passées.

Son cœur rata un battement quand elle le vit au coin du sentier principal. Elle se précipita dehors pour aller l'accueillir, d'une vive énergie qui lui était propre. Yolan s'arrêta, incertain que la fille qui se dirigeait vers lui était bien son amie. Quand elle fut à quelques mètres seulement, il put la reconnaître et fut subjugué en la voyant.

— Je ne savais pas qu'il fallait venir un minimum bien habillé, s'inquiéta le garçon.
— Non, pas du tout ! Je voulais juste me montrer sous un meilleur jour, ça change des salopettes et de l'odeur de la terre…

Yolan eut un sourire en coin. Il voulut la complimenter, lui faire comprendre qu'elle était toujours sous son meilleur jour mais il n'osa pas la brusquer après ce qui s'était passé avec son coéquipier.

Koda fit entrer son ami chez elle, et lui fit visiter la maison. Elle entra dans la cuisine et vit sa mère qui préparait une salade.

— Bonjour madame Gwyneth, salua poliment Yolan.

Yolan avait pu lire le nom de famille sur la boîte aux lettres, à l'entrée de la maison.

— L'heureux élu ! Et tu peux m'appeler Cassie.
— Maman ! s'écria Koda, rouge comme une tomate.

Yolan rit légèrement à la vue de son amie gênée.

— Si vous voulez déjeuner en tête-à-tête, je peux m'isoler dans la cuisine, il n'y a pas de problème !

Koda voulut être enterrée vivante.

— Non, ne vous en faites pas. Ça me ferait de la peine de savoir qu'une excellente cuisinière comme vous ne puisse pas déjeuner à notre table !

— Oh, je t'en prie, tu vas me faire rougir.

Mme Gwyneth jeta un regard assuré à sa fille, l'air de dire « c'est le bon, fonce ! ». Koda prit rapidement Yolan par le bras et continua la visite. Elle l'emmena dans sa chambre, puis après avoir vu ses culottes et autres vêtements éparpillés sur le sol, elle rougit puis ferma instantanément la porte.

— Tu n'as rien vu, d'accord ?

— Non, rien du tout, répondit-il les yeux rieurs.

Elle avait complètement oublié d'y remettre de l'ordre après ses nombreux essayages. Elle finit de lui faire le tour, puis sa mère les appela à table. Ils mangèrent et parlèrent de tout et de rien, Yolan déformant légèrement la vérité sur sa rencontre avec la petite des Gwyneth.

Une fois le dessert et le café finis, Yolan prit congé.

— C'était un vrai délice, je suis heureux d'avoir pu goûter à votre cuisine ! C'est vraiment quelque chose à tester au moins une fois dans sa vie.

— Et bien, le plaisir est partagé ! Reviens à la maison quand tu le souhaites, elle sera toujours ouverte aux amis de ma Koda.

Les deux amis sortirent et s'assirent sur la terrasse, profitant du soleil qui réchauffait l'atmosphère.

— Le poulet à l'orange de ta mère est vraiment incroyable, dit-il enjoué.

— Tu lui plais, c'est une bonne chose. Je pensais que ça allait être plus embarrassant que ça, mais on s'en est bien sortis au final.

— Merci beaucoup, Koda, je suis ravi que tu m'aies proposé de rencontrer ta famille. Ça me fait chaud au cœur.

Koda prit peur. Elle ne s'était pas donné tant de mal pour qu'il reparte après un simple déjeuner ! Elle lui avait montré un bout de sa vie, et resterait frustrée de le voir partir sans même avoir eu une conversation amicale.

— Tu vas pas partir, dis-moi ? s'inquiéta Koda.

Yolan se retourna et vit le regard suppliant de la jeune fille.

— J'ai un entraînement qui m'attend tu sais, octobre arrivera plus vite que ce que l'on pense, répondit-il en passant une nouvelle fois sa main dans ses cheveux bleus.

Elle gonfla ses joues en guise de déception.

— Finalement, je peux bien te montrer quelque chose aussi, si tu es d'accord.

Koda eut un éclair de joie dans ses grands yeux bleus. Yolan lui prit la main après qu'elle eut hoché la tête et l'emmena sur un chemin qu'elle ne connaissait pas. Ils traversèrent un bosquet qui donnait au sud du village, puis continuèrent leur chemin pendant une bonne vingtaine de minutes. Ils passèrent auprès d'un carrefour abandonné et quelques voyous traînaient à cet endroit. La jeune fille ne fut pas très à l'aise et lâcha la main de Yolan, qui se retourna surpris. Elle voulut baisser sa robe un maximum au niveau de ses genoux pour ne pas subir les regards invasifs des jeunes vagabonds. Yolan comprenant la raison de sa gêne lui enfila son pull, lui reprit la main et la serra contre lui, d'une poigne qui se voulait protectrice. Koda respira profondément, se sentant en sécurité auprès de son ami, la largeur du pull la réconfortant. Proche de lui, elle se sentait sereine, mais sentit les picotements de son ventre revenir à la charge.

Cinq minutes de marche en plus et ils arrivèrent devant une cabane isolée dans un petit bosquet. Yolan souffla un bon coup.

— Tu m'as montré un bout de ta vie, alors laisse-moi te montrer une part de la mienne.

Yolan ouvrit la porte sous le regard curieux de Koda.

— Salut, papi ! cria le jeune aux cheveux pourpres.
— Yoyo, tu es revenu !
— Je ne pars jamais très longtemps tu le sais bien, répondit-il.

Koda fut surprise de voir que la personne âgée qui se trouvait devant elle présentait des yeux aux pupilles blanches. Elle comprit qu'il devait être aveugle. Yolan lui fit signe d'approcher.

— Bonjour monsieur, je m'appelle Koda, je suis ravie de vous rencontrer ! se présenta tendrement l'adolescente.

— Oh, tu nous as ramené une amie, fit le grand-père. Enchanté aussi, je suis sûr que tu es magnifique, Yoyo a de très bons goûts en termes d'amis.

Yolan rit doucement.

— Oui, elle l'est assurément, dit-il joyeux.

Il se rendit compte que la concernée se trouvait dans la pièce, chose qu'il avait oubliée. Leurs regards se croisèrent, tout rouges, puis ils le détournèrent chacun dans une direction opposée.

— Je vous fais du thé, ça me fait plaisir d'avoir de la compagnie.

— Volontiers ! Je peux vous aider ! proposa l'adolescente.

Le vieillard accepta et les trois comparses se mirent à table. Ils bavardèrent dans la bonne humeur et Koda se sentit très à l'aise. Une petite heure passa, puis la jeune fille se leva.

— Il est temps pour moi d'y aller, dit-elle.

— Je te raccompagne, fit Yolan.

— Merci beaucoup pour le thé monsieur, j'étais ravie d'avoir pu vous connaître.

— Moi aussi mon enfant, reviens me voir quand tu veux tu seras toujours la bienvenue ici !

Les jeunes amis sortirent de la maison et prirent le chemin du retour. Yolan gardait les mains dans ses poches et fixait le sol tout au long de la marche.

— Je suis heureuse d'avoir fait sa rencontre, tu peux pas savoir à quel point. Ça m'attriste qu'une si bonne personne soit aveugle…

— C'est ce qui lui a sauvé la vie malgré tout, siffla Yolan. Il avait les yeux violets lui aussi, c'est mon grand-père maternel. Il s'est infligé ça lui-même à l'époque où la discrimination envers ces gens-là était bien plus effroyable.

Décidément, personne n'avait l'air d'avoir vécu une vie heureuse dans sa famille, se dit la jeune fille. Quand ils s'approchèrent enfin de la maison de Koda, le garçon respira profondément.

— Tu manques à Jazz, tu sais.

La jeune fille éprouva de la peine en pensant au jeune garçon l'air toujours pétillant d'énergie.

— Et pas qu'à lui, continua-t-il en détournant son visage, cachant ses fines rougeurs.

— Pas à Rob en tout cas, grogna Koda.

— Tu sais, je voulais te dire que Rob n'était pas comme ça habituellement… Bien sûr, tu n'as pas à le pardonner, je ne pense pas moi-même y arriver, mais Rob m'a sauvé. Petits, on était voisins. Il avait toujours été mon modèle puisqu'il était mon aîné de quatre ans. Il était mon seul ami… À ma sortie de prison, j'étais déboussolé suite à la perte de mon mentor et j'ai revu Rob quand ma seule préoccupation était de survivre dans la rue. Je l'ai revu devant une auberge où il était serveur. Il m'a reconnu et m'a offert un toit. Il m'a ensuite proposé de devenir mercenaire comme gagne-pain quand il reconnut mes talents en épéisme, et je l'ai formé pour monter notre propre équipe. Cette année-là, le premier prix du tournoi de cet octobre fut annoncé et j'ai vu les yeux des miens. On a donc décidé de venir jusqu'ici pour s'entraîner et par la même occasion, retrouver ma bague.

Koda écouta le récit très attentivement.

— Le tournoi ne se déroule pas tous les ans ?
— Non, le festival des passions se déroule seulement tous les quatre ans, répondit-il. Enfin bref, tu ne manques peut-être pas à Rob, mais tu m'avais manqué à moi, Koda. Ça semble étrange vu que ça ne fait même pas une semaine qu'on se connaît.

Le jeune homme sourit puis tenta de lui prendre la main, mais se ravisa aussitôt. Il ne voulait surtout pas qu'elle pensât qu'il voulait profiter d'elle. Ce geste fut perçu par la jeune fille qui rattrapa sa main fortement. Leurs yeux se fixèrent intensément tandis que leurs visages se rapprochaient lentement. Les papillons dans le ventre de Koda s'accentuèrent ce qui força Koda à précipiter son geste. Celle-ci attrapa le col du t-shirt de Yolan et l'embrassa fougueusement.

— Merci Yolan, pour cette journée fantastique, fit timidement la jeune fille.

Elle rougit de honte, ayant peur que son baiser n'ait pas plu à son ami. Mais Yolan l'embrassa à son tour.

— Merci à toi, Koda, dit-il suavement.

Elle observa le garçon s'éloigner dans l'horizon, puis elle remarqua qu'elle portait encore son pull. Elle se frappa le front, excédée par tant d'étourderie.

— Yolan ! Ton pull !

Il l'entendit puis se retourna pour lui faire face.

— Garde-le, je sais que tu reviendras pour me le rendre, répondit le garçon, un sourire aux lèvres.

Chapitre 7
Embrouilles bourgeoises

— Koda !

À la vue de celle-ci, Jazz se jeta dans ses bras. La jeune fille resserra son étreinte fortement autour du garçon, qui l'étouffait contre son ventre.

— Ce serait pas le pull du chef que tu tiens dans ta main ? demanda curieusement le garçon. Vous vous êtes vus hier ?

Koda regarda sa main qui tenait le pull de Yolan. Les souvenirs de la veille lui revinrent en tête et celle-ci se mit à rougir fortement. En rentrant chez elle, sa mère n'avait pas raté une miette de la scène et avait crié victoire quand sa fille était apparue dans le salon.

— On s'est croisés et on a fait une balade, rien de plus, mentit-elle les joues rouges.

Jazz leva un sourcil, se méfiant des dires de la jeune fille.

— D'ailleurs, où est-il ?

Au moment de poser la question, elle entendit une nuée d'oiseaux s'envoler, là où une rangée d'arbres fut détruite.

— Je pense avoir deviné, dit-elle avec le sourire.

Elle se mit en route dans cette direction accompagnée de son ami aux cheveux flamboyants.

Une fois arrivés à l'origine du bruit, ils virent Rob, torse nu et couvert de sueur, dû à l'intensité de l'exercice.

Koda se figea et le sourire qu'elle arborait en pensant tomber sur Yolan disparut. Le brun se retourna et vit les deux amis côte à côte.

— Je peux pas m'entraîner sans être dérangé par l'un d'entre vous ? grogna Rob.

Koda réprima la vague de frissons qui venait de hérisser ses poils. Elle n'avait jamais vu Rob à l'œuvre, et le découvrir à l'instant la laissa admirative. Celle-ci croisa les bras, plus pour dissimuler son corps derrière que pour montrer son mécontentement. Elle tourna les talons pour s'en aller mais Rob la stoppa.

— Tant que tu es là, Koda, je voudrais te dire quelque chose.

Jazz fixa son coéquipier d'un air sombre.

— Je pensais que tu voulais être tranquille, fit ce dernier.

— Jazz, va me chercher de quoi boire s'il te plaît, ordonna Rob.

— Si t'as quelque chose à dire à Koda alors j'exige de pouvoir rester.

Le brun jeta un regard insistant, presque suppliant au plus jeune.

— Bon très bien. Je serai juste à côté si nécessaire, conclut Jazz en direction de son amie.

Une fois que celui-ci se dissimula au milieu de la végétation, Rob fit un pas vers la jeune fille mais resta raisonnablement à plus de deux mètres de distance d'elle. Cette dernière trembla inconsciemment et fit un pas en arrière.

— Je tenais à m'excuser pour ce que je t'ai fait, commença-t-il. Depuis que tu es arrivée, je me sentais de trop parmi mes camarades, même si ce n'est pas une raison. Je dois bien reconnaître que tu n'as apporté que de bonnes ondes à Jazz, mais surtout au chef.

Celui-ci fit une pause quand il vit la jeune adolescente serrer un peu plus fermement le pull qu'elle tenait à la main.

— … Félicitations, devrais-je dire ?

Koda rougit. Après tout, il n'y avait rien à féliciter, elle ne pouvait pas encore rendre leur relation exclusive, celle-ci étant loin d'être officielle.

— Enfin bref, s'il y a quoique ce soit qui te dérange, n'hésite pas à venir me poser des questions, même si je ne pense pas être la première personne à laquelle tu voudrais t'adresser.

Elle arqua les sourcils, surprise d'entendre ces paroles de la bouche de cet individu. Rob reprit son épée et laissa Koda de son côté.

— Pourquoi on n'a pas vu ton champ énergétique ? le questionna-t-elle. J'aurais dû le voir puisque je l'ai déjà expérimenté une fois, non ?

Elle avait une question et il lui avait dit qu'il était là pour ça, ça aurait été bête de ne pas en profiter.

— Ne pas utiliser ton champ énergétique t'entraîne bien plus puisque tu augmentes ta force et ta puissance musculaire. Si ta puissance est bien plus importante et que tu utilises ton champ énergétique à ce moment-là, tu n'imagines même pas les dégâts que tu peux causer.

— Donc… Tu as détruit une rangée d'arbres sans utiliser ton champ ?

Rob acquiesça, un rictus orgueilleux au coin des lèvres.

— Je tiens un minimum à la forêt, je ne voudrais pas l'anéantir non plus, fit-il.

Koda déglutit. Si Rob atteignait ce niveau de puissance, alors quel niveau pourrait avoir Yolan qui était le chef ?

Elle était impatiente de le découvrir, mais un côté d'elle le craignait également.

Elle voulait également savoir jusqu'où sa propre force pourrait aller, mais entre s'entraîner à danser et s'entraîner à l'épée, la jeune adolescente était perdue.

— Et si j'acceptais ta proposition ? Vous m'emmèneriez vraiment ?

Ce changement de sujet déstabilisa complètement le brun. Cela lui avait fait perdre légèrement l'équilibre et il reposa son épée, alors qu'il s'apprêtait à donner son coup.

— Comment ça ?

— J'aimerais vous accompagner, après tout ce serait la seule occasion pour moi de me rapprocher de mon rêve… Je promets de travailler dur pour payer ma place !

Rob la regarda de travers, un sourcil relevé.

— Tu serais prête à accepter ? Tu sais pas ce qui t'attend ma pauvre…

— Elle nous accompagnera mais tu ne la toucheras ni ne la regarderas de près ou de loin, c'est clair ?

Koda fut heureuse de voir Yolan apparaître dans son champ de vision. Il y eut comme de l'électricité dans l'air entre les deux coéquipiers.

— C'est clair comme de l'eau de roche, chef. Je me moquais juste de toi, Koda, mais j'ai pas l'impression que t'aies encore pigé.

Le brun partit en bousculant exprès le garçon aux cheveux violets et s'éloigna des deux tourtereaux. Yolan, à son tour, frôla l'adolescente et lui prit le pull qu'elle tenait dans la main pour le jeter sur son épaule, sans lui adresser ni un regard ni un mot. Elle se sentit extrêmement mal à l'aise en l'espace d'un instant. Elle avait l'impression de se retrouver dans ces histoires où la fille après avoir avoué ses sentiments se faisait snober par l'être qui lui était cher.

— Yolan !

Elle lui courut après en comprenant qu'il n'allait pas s'arrêter de sitôt. Arrivée à sa hauteur, elle lui prit le bras pour le forcer à cesser sa marche et le fit se retourner.

— C'est quoi ton problème ! lui demanda-t-elle un peu plus violemment qu'elle l'aurait souhaité.

— Mon problème ? Tu te rends compte de ce que tu viens de demander à Rob, surtout après ce qu'il t'a fait ! s'énerva-t-il.

— J'ai conscience de ce que j'ai demandé, j'y ai énormément réfléchi cette nuit et je me dis que c'est la solution la plus appropriée si je veux pouvoir être hébergée à côté de l'académie !

— Et quelle est l'autre solution ?

Koda baissa le regard. Elle repensa à la proposition de sa sœur et fut certaine qu'elle ne pouvait partager ses craintes au jeune chef.

— Ça ne vaut pas la peine de t'en parler, c'est sûr que je ne la choisirai pas !

— Ah donc tu préfères continuer à être l'objet du désir de Rob, si je comprends bien ? C'est naïf de ta part de penser qu'il arrêtera un jour de te regarder comme il le fait actuellement. À croire que t'aimes ça…

Cette phrase fut chuchotée mais Koda le regardait déjà avec la gorge serrée. Elle se mordit l'intérieur des joues pour éviter de laisser libre cours à ses larmes, puis elle s'éloigna à grands pas, presque en courant. Elle ne pouvait pas supporter l'idée que Yolan avait d'elle. La sensation de la main de Rob lui revint à l'esprit et une vague de nausées la prit. Elle s'arrêta un moment puis aperçut Jazz au loin qui donnait l'impression d'être perdu.

La jeune fille le rejoignit et lui sauta au cou.

— Tu es revenue ! Je me suis un peu éloigné et j'en ai profité pour contempler ce buisson. Tu as vu, je ne sais pas ce que c'est comme plante, mais elle est de la même couleur que mes cheveux !

Koda se détendit et rit un bon coup avec Jazz.

— C'est un pyracantha ou encore buisson ardent ! Ce n'est pas ce qu'on préfère comme plante en général mais c'est sûr que sa couleur est belle !

Un rayon de soleil illumina le visage de son ami et la jeune adolescente remarqua que ses yeux étaient eux aussi orange.

— Jazz ! Tes yeux sont orange, je n'avais jamais remarqué, j'ai toujours pensé qu'ils étaient noisette.

— Je trouve que ça fait un peu bizarre, heureusement que tu ne les avais pas vus plus tôt, tu m'aurais trouvé laid c'est sûr !

Cette remarque fit ricaner la jeune fille.

— N'importe quoi ! Ils sont super beaux !

Jazz laissa un large sourire apparaître sur son visage et les deux jeunes passèrent le reste de la journée ensemble, à s'entraîner au milieu de la forêt. Elle observa, assise sur un rocher, les mouvements du garçon à l'épée qui étaient d'une précision remarquable et ressentit une sensation plutôt lourde dans l'air, mais bien plus légère que celle pesante qu'elle avait ressentie auprès de Rob.

— Dis Jazz, c'est normal que je ressente une ambiance plus lourde autour de moi quand vous vous entraînez ?

— Lourde comment ? demanda-t-il en s'arrêtant dans son action.

— Je sais pas trop comment expliquer, mais elle pèse sur moi, sur mes épaules… Je ressens une étrange pression au niveau de la tête… essaya-t-elle d'expliquer.

— Oh, c'est normal, continua-t-il en laissant tomber son coup sur un tronc large d'au moins trente centimètres. Tu perçois l'aura des personnes ! Elles sont plus oppressantes en fonction de la puissance de l'individu rencontré… J'imagine que tu l'as ressenti avec celle de Rob.

— Oui, elle m'a vraiment mise mal à l'aise, j'avais l'impression d'être figée sur place rien qu'avec son aura…

— Et encore, il n'avait pas utilisé son champ énergétique ! L'utilisation du champ quadruple ton aura, et seule une personne d'une aura équivalente peut te tenir face, il est très dur de supporter une telle violence psychique…

— Mais alors, comment vous faites pour supporter vos auras ?

— Oh, on s'entraîne beaucoup tous les trois ensemble pour qu'on puisse s'adapter les uns aux autres, mais c'est un entraînement très douloureux, surtout pour moi qui dois combler le plus d'écart avec Rob, et je ne te parle même pas de Yolan. C'est pour ça que si on veut devenir plus puissants on s'entraîne individuellement, pour ne pas être gêné par l'aura de l'autre.

Koda hocha la tête pour lui dire qu'elle avait compris. Elle prit son épée qu'elle avait accrochée à sa ceinture et répéta les mêmes mouvements que Jazz venait de pratiquer. Elle fit tout pour ne pas utiliser son champ et profita de cet entraînement pour apprendre à canaliser sa foi et à déclencher le champ énergétique quand elle en avait besoin. Elle y réussit au bout d'une heure, et au bout d'une autre, arriva à trancher un arbre latéralement sans y faire appel, sous le regard interloqué de son ami. Elle continua à s'entraîner inlassablement, jusqu'à sentir monter en elle un effet de chaleur, qui la revigora en énergie. Puis d'un coup, elle s'écroula de fatigue. Jazz l'ayant observée avait pu anticiper la chute de la jeune fille en la retenant.

— Faut pas abuser de l'adrénaline non plus ! C'est contre-productif !
— Attends, Jazz, un dernier coup…

Koda agita sa lame horizontalement, et sans enclencher le champ, réussit à réduire en pièces la dizaine d'arbustes qui se trouvaient devant eux. Mais elle n'avait pas assez concentré son coup par épuisement, et n'avait pas vu qu'elle avait touché Jazz sous l'œil. Ce dernier poussa un cri de douleur et alerta Koda, qui prit conscience de son erreur.

— Jazz ! Je suis désolée !

Elle paniqua un peu plus quand elle vit le sang couler à flots de sa blessure et appuya sa veste dessus, pour stopper l'hémorragie. Elle l'emmena auprès du lac, et commença à nettoyer sa plaie à l'aide de l'eau. Ses cris avaient alarmé Rob et Yolan, qui comprirent la situation et ramenèrent du matériel pour soigner leur ami.

— Je suis tellement désolée, sanglota Koda pour la centième fois.
— Je t'en veux pas Koda, ça pique même pas ! Et puis ça valait le coup de voir ta dernière action, c'était merv… Aïe, recommença-t-il quand Rob désinfecta sa plaie avec de l'alcool.
— Tais-toi Jazz, et Koda, je pense vraiment qu'il vaut mieux pour toi que tu partes, constata Yolan, attristé.

La jeune fille obéit et sans demander son reste, disparut à travers l'abondante végétation, dense et hostile.

Quand elle rentra à une heure tardive, elle remarqua l'œil au beurre noir de sa mère. Celle-ci lui expliqua que son père avait demandé où la cadette était passée, et quand elle lui répondit qu'elle était allée voir un ami, celui-ci s'énerva et laissa parler ses poings.

La jeune fille eut le cœur brisé. Elle avait non seulement blessé un camarade, un ami, mais aussi sa propre mère par le simple fait de son absence. Elle alla dans le salon pour souhaiter bonne nuit à son paternel qui l'appelait, puis celui-ci s'approcha d'elle en lui tirant les cheveux.

— Quelle famille ?

La cadette ne comprit pas sa question, et même si elle voulait répondre, elle n'aurait pu que laisser sortir un gémissement de douleur.

— Q… Quoi ?
— De quelle famille vient ton ami ? répéta-t-il en tirant légèrement plus fort.
— T-Torndwy, réussit-elle à prononcer.

Koda n'aurait jamais voulu donner le nom de Yolan, mais la douleur était telle qu'elle l'empêchait de réfléchir, lui permettant seulement d'agir instinctivement.
Son père réfléchit quelques instants, puis relâcha sa poigne.

— Connais pas, siffla-t-il. Mais demain, tiens-toi bien, ta sœur et M. Carver seront accompagnés de la famille des De la Tour, qui habite la capitale. Ce sera peut-être ta chance d'être mariée, parce que si ce n'est pas eux, je me demande bien qui pourrait vouloir de toi.

Sur ces mots aussi durs et tranchants que la pierre, il repartit dans sa chambre. Koda ne put que tomber à genoux, après toute la souffrance physique et psychologique qu'elle venait d'encaisser. Mais bizarrement, elle n'arriva pas à pleurer.

Comme son père l'avait annoncé, la famille De la Tour accompagna le jeune couple qui rendait visite à la famille de l'épouse, le dimanche, comme à leur habitude. Noji prit sa sœur dans ses bras, puis fut émerveillée par la beauté de sa cadette et la repoussa pour la contempler de haut en bas.

— Tu es si belle Koda, c'est sûr que tu leur plairas !

Koda soupira, ce n'était vraiment pas l'effet qu'elle voulait donner. Elle avait mis une robe blanche à volants et avait accroché un nœud assorti dans ses cheveux qu'elle avait préalablement rassemblés en une tresse. Elle n'avait aucune envie de se faire belle, mais elle n'imaginait pas le cataclysme qu'aurait fait son père si elle ne s'était pas vêtue de la sorte. Elle avait néanmoins omis cette fois-ci de mettre un soutien-gorge pour ne pas attirer les regards à cet endroit-là.

— Noji, je ne veux… commença-t-elle.

Elle ne put finir sa phrase car elle dut accueillir et se présenter à la noble famille qui venait d'entrer chez eux. La famille était composée des parents : Katherine la mère, mince et raffinée, et Gill le père, joufflu et rabougri qui faisait tache aux côtés d'une si belle femme. Les enfants étaient nommés Baptiste, pour l'aîné, et Victor, le plus jeune qui devait avoir tout au plus vingt ans. Ce dernier n'arrêtait pas de reluquer la cadette qui essayait en permanence de cacher ses jambes découvertes. Les deux garçons la dégoûtaient : ils tenaient tout du père et ne devaient pas faire beaucoup d'exercice, ces derniers étant essoufflés dès la première marche des escaliers.

— Mère, quel dommage de venir déjeuner chez des culs-terreux, ils n'ont pas l'air de savoir ce qu'est un ascenseur, se plaignit le plus jeune. Heureusement que la fille me plaît, sinon j'aurais été plus que déçu d'être venu.

Koda serra les poings à l'entente de ce terme si péjoratif qu'il utilisait pour les désigner, sa famille et elle. Il fut capable de prononcer ces mots sans aucune honte ce qui fit bouillir la jeune fille de rage.

Heureusement, qu'elle était entourée de témoins, dans le cas contraire, Victor aurait pu dire au revoir à sa famille et à son « ascenseur ».

Une fois à table, elle fut contrainte de s'installer à sa droite et donc contrainte d'écouter ses Jérémiades qui n'avaient ni queue ni tête.

— Qu'il fait chaud, ici ! Vous n'avez pas d'éventails à disposition ?

Les parents Gwyneth se regardèrent et donnèrent une réponse négative, suite à laquelle Victor déplaça tous les mets apéritifs d'une assiette dans une autre pour la récupérer, et se ventiler avec.

C'était la goutte de trop pour Koda qui lui prit l'assiette des mains et la reposa sur la table.

En constatant le regard outré de la salle qui se posait sur elle, elle dut inventer une excuse.

— J'ai connu quelqu'un qui s'était pris une assiette dans la tête en se ventilant avec et a été fatalement blessé, je ne voudrais pas qu'il vous arrive de même, cher Victor.

À vrai dire, la seule assiette qu'il aurait pu se prendre dans la tête serait une assiette lancée par Koda en espérant que celui-ci arrête de parler, ou dans le meilleur des cas, meure.

Elle aperçut Noji qui s'était étouffée de rire avec un apéritif et qui se cachait derrière sa serviette pour ne pas montrer son irrespect.

— Vous êtes si bienveillante à mon égard très chère, vous ferez une très bonne femme !

La jeune fille jeta un coup d'œil à son père qui la regardait avec une fierté dans les yeux, ce qui rassura Koda sur le champ.

Une fois le repas terminé, son père proposa à Koda d'emmener le cadet des De la Tour dans sa chambre. Celle-ci refusa, mais les deux furent poussés dedans malgré la réponse de la jeune fille.

— Bon, hmm… c'est ma chambre, voilà, on peut repartir maintenant, fit Koda paniquée.

Quand elle se retourna, elle vit que Victor s'était déjà mis torse nu.

Koda retint un cri de surprise.

— Non mais ça va pas ! Tu remets tout de suite ton t-shirt, on rigole pas avec moi !
— Mais… je pensais que j'étais ici pour passer à l'acte c'est ce que fait un futur couple de mariés, non ?

Elle se frappa le visage.

— Non mais là c'est trop, comment on peut être idiot à ce point ! À quel moment je t'ai montré la moindre affection ?

— Vous m'avez sauvé de l'assiette, dit-il en enlevant son pantalon.

Koda ne savait plus quoi faire tant elle était exaspérée. Elle se retourna, gênée de voir un inconnu se déshabiller devant elle et trouva une idée pour lui faire gagner du temps.

— Venez avec moi, Victor De la Tour. Je vais vous montrer quelque chose mais rhabillez-vous pour l'amour du ciel.

Cela lui faisait drôle de parler de la sorte, mais elle se dit que c'était la seule façon de se faire comprendre par cet imbécile fini. Il lui obéit puis ils sortirent de la maison, sans se faire remarquer par M. Gwyneth.

Ils firent un bout de chemin ensemble et elle décida de l'emmener dans le petit bois, pour lui montrer les merveilles que la nature avait données aux Hommes. Elle prit garde à ne pas passer trop près du campement de ses amis, par peur de tomber sur l'un d'entre eux alors qu'elle était accompagnée du pire individu existant. Le sentier principal s'arrêta sur une petite plaine découverte, où elle s'arrêta finalement.

Ce qu'elle ignorait, c'était que Yolan voulut se rendre chez la jeune adolescente pour lui présenter ses excuses. Il avait des craintes, des incertitudes par rapport à sa relation avec celle aux cheveux bleus. Il voulait tout lui expliquer, mais il avait peur que celle-ci ne prenne peur et décide de ne plus jamais lui adresser la parole. Il chérissait son amitié avec la jeune fille et ne voulait décidément pas risquer de la perdre. C'est pourquoi il voulait lui demander pardon pour ce qu'il lui avait dit et lui demander de rester de simples amis, même si cela lui faisait mal de l'admettre.

En s'approchant du sentier, il se cacha derrière un arbre quand il vit un couple d'individus prendre place au milieu de la plaine sur laquelle menait le sentier principal.

Il fut surpris de voir un homme gras, torse nu s'approcher d'une fille aux cheveux bleus. Il fut encore plus troublé quand il reconnut Koda. Encore plus attristé, il fit demi-tour pour rejoindre ses amis qu'il avait quitté dix minutes auparavant.

— Mais bon sang t'as pas compris que je ne voulais rien entretenir avec toi ? Remets ton haut, dit-elle en colère.

— On n'est toujours pas là pour ça ? Je pensais que c'était ça le plaisir de la nature dont vous me parliez.

Elle se retapa le crâne. À force, elle craignait de se débarrasser de l'entièreté de ses neurones à cause de cet individu.

— Non abruti, je te disais de profiter de la vue mais j'ai l'impression que tu n'en es pas capable sans avoir retiré ton haut !

— Vous me plaisiez vraiment, je voulais profiter de la journée, qui me déçoit de plus en plus d'ailleurs…

— C'est moi qui perds de plus en plus foi en l'humanité après t'avoir rencontré !

— Mais je ne comprends pas, vous ne pouvez pas être déçue en me voyant, je suis votre futur mari !

— Mais je ne veux pas me marier avec toi ! cria-t-elle en insistant sur la négation.

— Mais il fallait le dire plus tôt ! s'exclama Victor.

Après ce quiproquo de résolu et toute la haine qu'éprouvait subitement Koda envers les gens de la haute classe, ils rentrèrent chez elle au même moment où la famille De la Tour s'apprêtait à partir. Koda fut soulagée de voir la source de ses ennuis s'en aller.

— Ah, les jeunes, j'espère que vous êtes devenus des amis intimes, fit M. Gwyneth en insistant sur le mot intime.

— Oui, très, répondit le cadet de la famille bourgeoise. J'ai hâte de la revoir.

Koda fut satisfaite de la réponse longuement préparée du jeune homme. Elle l'avait menacé de son épée après lui avoir fait une démonstration pour qu'il donne un avis favorable à son égard. S'il ne le faisait pas, elle avait promis de le suivre jusqu'à faire attention à ce qu'il ne respire plus, quitte à l'étouffer avec une assiette.

Une fois partis, Noji s'installa auprès de sa sœur.

— J'ai sans doute eu tort d'avoir proposé cette idée lamentable…
— On aura tenté au moins, fit remarquer Koda en haussant les épaules.

Cette dernière était quand même satisfaite d'avoir pu se débarrasser d'un problème.

— Ça nous aura montré que les plus nobles n'en valent pas la peine ! renchérit la cadette.
— Oui, je suis vraiment désolée de t'avoir fait vivre ça…
— Ne t'en fais pas, Noji. D'ailleurs, Dylan était ravi pour la grossesse ?
— Oh oui, il a explosé de joie ! Il a dit que c'était le meilleur cadeau d'anniversaire qu'on ait pu lui offrir jusqu'à maintenant, et il n'arrive plus qu'à penser à l'aménagement de la pièce du bébé, tu t'en rends compte !

Koda ricana puis posa sa tête sur le ventre de sa sœur.

— Je te souhaite vraiment de connaître ce sentiment, un jour quand tu seras plus âgée… fit sa sœur en caressant les cheveux de la cadette.

La jeune adolescente s'endormit, bercée par les inspirations de son aînée et épuisée de cette journée qui ne pouvait qu'être qualifiée d'étrange.

Chapitre 8
La pensée bleue

Koda était déboussolée. Un grand vide lui perçait le cœur, elle avait l'impression d'avoir été abandonnée. Voilà un mois qu'elle n'avait pas eu de nouvelles du trio. Le mois d'avril avait largement été entamé et on pouvait sentir arriver les premières vagues de chaleur du mois de mai. La jeune fille était toujours heureuse lors de cette période, où elle pouvait courir du matin jusqu'au soir sans craindre la noirceur effrayante de la nuit. Mais cette année, ce ne fut pas le cas.

Le seul sentiment qui lui restait était celui de la culpabilité. Comment avaient-ils pu partir alors qu'il lui restait tant de choses à découvrir, et tant d'excuses à présenter ? Non seulement à Yolan, avec qui elle aurait voulu mettre les choses au clair, mais surtout à Jazz, auquel elle avait infligé sa blessure, qui donnait cette impression d'être tout sauf anodine.

Pour combler ce vide en elle, elle passait le plus clair de son temps auprès de sa mère entre les récoltes et les sessions d'arrosage. Elle n'oubliait jamais de se promener lors de son temps libre avec son épée. Cela lui rappelait les garçons, et elle voulait à tout prix connaître et améliorer la puissance de son aura pour les impressionner et les forcer à rester auprès d'elle la prochaine fois qu'elle les reverrait... Si cette prochaine fois existait.

Elle n'avait pas non plus oublié de rendre visite au grand-père de Yolan. Elle était passée une ou deux fois lui apporter des légumes de son potager et l'avait aidé à préparer des soupes pour lui redonner des forces. Il était toujours très flatté de recevoir des nouvelles de Koda et s'était très vite attaché à elle. Elle avait simplement peur de recroiser les voyous de sa première visite, ce qui l'empêchait de venir plus fréquemment. Si le vieil homme habitait tout près de chez elle, elle n'hésiterait pas à lui apporter des mets préparés chaque jour de la semaine.

— Koda ? On va y aller, Dylan m'attend, l'informa sa sœur ce qui interrompit les pensées de l'adolescente.

Koda s'était étendue sur un carré d'herbe du champ pour profiter du soleil, et avait laissé toutes ses craintes et ses doutes s'évader. Ce jour-là, elle avait tout raconté à Noji : sa rencontre avec le trio, jusqu'aux fameux problèmes rencontrés le jour où les De la Tour étaient venus leur rendre visite. Elle n'avait oublié aucun détail, sur sa sortie avec Yolan et à propos du célèbre tournoi du festival des Passions, sans omettre son nouveau loisir qu'était devenu le combat à l'épée. Son aînée l'avait écoutée du début à la fin. Après tout, c'était elle qui lui avait demandé ce qui n'allait pas quand elle remarqua le teint désemparé qu'arborait sa petite sœur à chaque fois qu'elle lui rendait visite. Mais Koda comprit bien vite que sa sœur ne la crut pas à propos de certains détails. La cadette lui avait tout dit, sauf pour les yeux violets du jeune chef : elle s'était promis de garder ce détail pour elle. Yolan et sa famille en avaient déjà bien assez souffert, elle n'allait pas lui faire prendre plus de risques.

La jeune fille aux cheveux couleur d'océan ouvrit un œil, puis le deuxième, puis se releva difficilement pour enlacer sa sœur, dont le ventre commençait légèrement à s'arrondir. Noji venait d'annoncer sa grossesse à leurs parents, ayant attendu deux mois complets pour être certaine de ne pas faire de nouvelles fausses couches. Leur mère était aux anges tandis que leur père espérait seulement que son petit-enfant serait un petit-fils et qu'il deviendrait médecin, comme son gendre.

Une fois le couple reparti, la jeune fille se releva pour aller s'entraîner. Cependant, elle tomba nez à nez avec son père qui avait abusé des coupes de champagne, qui fut ouvert suite à la nouvelle annoncée par Noji.

— Où vas-tu comme ça ? arriva-t-il à articuler.

L'adolescente voulut lui venir en aide quand elle le vit tituber, mais celui-ci la repoussa violemment.

— Je vais seulement me balader, je reviens dans une heure maximum, répondit-elle sereinement.

Au fond d'elle, elle avait le pressentiment que son père ne la laisserait pas passer sans embrouilles, par expérience.

— Tu vas vendre ton corps au lieu d'aider ta pauvre mère ! Fille indigne ! s'écria M. Gwyneth, qui s'apprêtait à lui asséner un coup.

Elle ferma les yeux, appréhendant le coup approcher. Elle se demandait à ce moment-là ce qu'elle avait fait pour mériter ça. Elle voulut lui crier d'arrêter, lui dire qu'il avait mal compris ce qu'elle venait de lui expliquer, mais Koda ne savait que trop bien comment son père se comportait. Il était bien trop imbu de sa personne pour qu'on lui dise qu'il faisait ou comprenait les choses de travers.

Elle attendait toujours le coup venir puis elle se demanda ce qui lui prenait tant de temps. Elle décida d'ouvrir les yeux pour s'assurer que son père n'était pas tombé ivre mort. Mais ce qu'elle vit la combla davantage : Yolan était là, devant elle, retenant d'une poigne ferme le bras de son père.

Elle l'observa et le trouva d'autant plus beau : ses cheveux violets avaient pris une teinte plus claire sans doute due au soleil et étaient devenus un peu plus longs. Elle revit cet éclat mauve qui lui avait tant manqué dans ses yeux quand leurs regards se croisèrent. Elle eut même l'impression qu'il avait grandi, mais elle savait très bien que ça n'était dû qu'à son interminable absence. Son regard se posa sur une fleur bleue, qu'il portait sur son pull, au niveau de son cœur.

— On t'a manqué ? fit-il un sourire en coin et un sourcil inquisiteur.

Au moment où il posa la question, son cœur rata un battement. Il était bien là, devant elle, en chair et en os. De même, deux silhouettes surgirent de derrière lui. Elle fut encore plus heureuse de revoir Jazz, une cicatrice sous l'œil, et fut même ravie de reconnaître Rob.

✣✣✣

Koda ne pouvait cesser de jeter des regards derrière son épaule. Elle avait accompagné ses amis à leur campement, rayonnant de joie de les revoir.

— Il n'est pas mort, tu es sûr ? demanda-t-elle à Yolan.

Ce dernier émit un léger rire tout en secouant la tête.

— Il est juste assommé, je n'ai même pas eu besoin de lever le petit doigt pour qu'il finisse par terre. Alors, ne t'en fais pas, il ne s'en souviendra même pas à son réveil.

Koda soupira de tristesse. Elle aurait préféré obtenir une réponse positive de la part du jeune homme. Yolan comprit globalement la raison de ce voile de chagrin qui tapissait son regard, ce qui le fit regretter de ne pas y être allé plus fort avec le chef du village.

Arrivés à leur cabane, elle prit place sur une roche et attendit vivement les trois compères s'installer à leur tour. Elle croisa ses jambes, posa sa tête entre ses mains et les fixa intensément.

— Avant que vous ne me disiez quoi que ce soit si vous comptiez le faire, laissez-moi vous demander pardon.

Les trois amis se regardèrent, étonnés. Ils s'attendaient à tout mais pas à ça.

— À toi, Rob, pour t'avoir mis dans une position délicate et pour avoir remis en question ton attachement à l'équipe. À toi, Jazz, pour t'avoir blessé alors que tu avais tout fait pour m'empêcher de causer plus de dégâts, et pour t'avoir donné l'impression de t'avoir mis de côté. Et enfin, à toi Yolan, pour avoir attendu des choses en retour et t'avoir montré peu de respect, alors que tu n'avais souhaité que mon bien-être. Vraiment, je comprendrais si vous envisagez de m'abandonner à nouveau, mais je voulais juste avoir la chance de vous présenter des excuses sincères, comme il se le doit.

Une fois le monologue terminé, elle aperçut Jazz au bord des larmes et Rob le regard baissé.

— T'abandonner ? Mais qu'est-ce que tu racontes, on n'abandonne pas nos amis, répondit Yolan, les yeux pétillants.

— Pourtant c'est ce que j'ai pensé quand je me suis retrouvée sans aucune de vos nouvelles ! Ça me paraissait évident…

Jazz se leva et s'assit auprès de son amie, en s'inclinant un maximum inconfortablement pour poser sa tête sur l'épaule de celle-ci.

— C'est plutôt à nous de te demander pardon pour être partis sans t'en avoir informé plus tôt alors que tu as toujours été aux petits soins avec nous… Ce n'était pas notre intention, reprit le jeune chef.

— Alors, pourquoi ? Vous voulez dire que vous m'avez laissée seule à mes démons alors que je n'étais même pas la cause de votre départ ?

— Si, tu l'étais d'une façon. Mais j'y viens, j'y viens ! en un mois tu n'as pas perdu ta curiosité, ça fait plaisir, sourit-il.

La jeune fille se sentit à nouveau embarrassée, ne voulant surtout pas s'emporter contre eux alors qu'ils venaient tout juste de revenir. Elle n'allait pas leur donner une raison de s'en aller définitivement.

— Quand Jazz fut blessé, commença-t-il, le sang ne voulait pas s'arrêter de couler, même en ayant attendu une bonne quinzaine de minutes après que tu étais partie.

Koda se cacha le visage derrière ses mains, culpabilisant à nouveau au sujet de cet accident.

— La solution la plus judicieuse était de l'emmener à un poste de secours, dans le bourg le plus proche d'ici. S'il ne recevait pas quelques points de suture, il aurait perdu l'usage de son œil, ou pire, il aurait pu se vider de son sang.

À ces mots, le ventre de la jeune fille se mit à gargouiller violemment. Cela fit résonner la tête de Jazz toujours posée contre son épaule, ce qui lui provoqua des chatouilles dans son oreille qui le firent rigoler.

Yolan lui lança un regard sombre, gêné d'avoir été coupé dans son histoire. Le garçon aux cheveux ardents se reprit, et le jeune homme profita de l'occasion pour reprendre le fil de son récit.

— C'est donc ce qu'on a fait. Jazz a pu être soigné, mais en échange de lourds honoraires. Toutes nos économies pour les frais d'inscription du tournoi y sont passées…

— Combien ?

— C'était 500 couronnes pour les deux points de suture, et on en disposait tout juste de 600. Les inscriptions coûtent 200 couronnes par personne… Tout ça pour dire qu'on était fauchés et que si on n'a pas d'argent pour les inscriptions, on ne peut pas y participer…

Koda fut encore plus décontenancée, ce qu'elle laissa montrer par ses yeux exorbités. Elle ne pensait pas que des inscriptions pouvaient coûter aussi cher alors qu'on pouvait y laisser sa peau. Elle était loin d'obtenir cette somme, le montant de ses économies s'élevant seulement à quarante couronnes. Jamais elle ne pourrait les rembourser.

— Je te cache pas qu'après ça je t'en ai un peu voulu, avoua Yolan, un léger sourire sur les lèvres. Mais comme par miracle, une vieille dame qui attendait dans la salle d'attente nous a reconnus comme mercenaires et nous a confié une requête. On ne voulait pas la prendre, Jazz étant blessé, jusqu'à ce qu'elle nous dise qu'il s'agissait de retrouver un trésor qu'elle avait enterré dans un lieu qui était actuellement sous le contrôle d'un gang dangereux. Elle nous laissait prendre la moitié du coffre si on mettait la main dessus, soit 250 couronnes !

Celle aux cheveux bleus fut un peu soulagée d'entendre cette bonne nouvelle, même si cela obligeait ses amis à s'exposer à de dangereux criminels.

— On s'est rués vers l'endroit indiqué et en deux temps, trois mouvements, le butin nous fut distribué, pendant que Jazz devait rester au poste pour se soigner.

— Mais il vous reste encore…

L'adolescente compta rapidement sur ses doigts.

— … 250 couronnes à gagner ! s'exclama-t-elle.

— On est restés une semaine là-bas, en attendant que Jazz guérisse, continua-t-il en ignorant la remarque de la plus jeune. Puis on a parcouru tous les petits villages à la recherche de missions jusqu'à notre arrivée à Spring Hill. On devrait y aller ensemble, c'est vraiment beau là-bas au printemps !

Koda fut flattée de voir qu'elle comptait toujours aux yeux du jeune garçon.

— Il y a beaucoup d'habitants dans cette ville, alors on a trouvé facilement ce qu'on cherchait ! Sur un panneau d'affichage, on a trouvé une offre alléchante : 150 couronnes par personne qui réussira la quête. Même si la quête était vraiment étrange, on n'aurait pas pu trouver meilleure récompense. On a passé les deux dernières semaines à rassembler des informations auprès du commanditaire, et nous voici… Mais pas indéfiniment. On repart dans deux jours.

La jeune fille fronça les sourcils. Ils comptaient l'abandonner à nouveau ? Elle ne réussit pas à encaisser la nouvelle.

— Vous comptez me laisser seule à nouveau ?
— Ce n'est pas contre toi Koda, mais on est bien obligés si on veut pouvoir s'inscrire au tournoi.
— Alors je viens avec vous ! dit-elle sans réfléchir.

— Oh oui, Koda, viens avec nous ! s'écria Jazz qui venait de relever sa tête de l'épaule de la jeune fille.

— Hors de question, c'est bien trop dangereux ! reprit Yolan. Tu ne sais même pas de quoi il retourne et même si tu le savais tu n'aurais plus envie de venir.

— C'est vrai, même Rob a failli se faire dessus, se moqua le garçon aux cheveux de couleur flamme.

— Parle pour toi ! s'énerva le brun en lui lançant un bâton violemment sur le crâne.

Koda observa la scène silencieusement. Sa curiosité venait d'être attisée.

— Dites toujours, demanda-t-elle, les sourcils toujours froncés.

— La fille du commanditaire est victime d'une malédiction qui l'aurait transformée en loup-garou.

Celle aux cheveux bleus eut une vague de frissons, sentant la fraîcheur de la brise lui mordre la nuque. Elle entendit le froissement des feuilles récentes, puis le vaste silence de la forêt.

— Un loup-garou ? répéta-t-elle, s'assurant d'avoir bien compris.

Elle se mit à rire bruyamment. Elle savait ce qu'était un loup-garou, monstre fictif des histoires de fantômes adorées des plus jeunes.

— Si ce n'est que ça alors allons-y sans plus tarder ! renchérit-elle en riant encore.

Les trois amis se regardèrent une nouvelle fois.

— Pourquoi tu ris ? demanda Jazz en tremblant d'effroi. Les loups-garous sont vraiment terrifiants ! Ils mangent des enfants et même des adultes parfois !

Koda arrêta de rire quelques instants.

— Vous êtes pas sérieux ? Vous savez quand même bien que ça n'existe pas, rassurez-moi ?

Elle vit Yolan se pincer le nez.

— Tu n'en as jamais vu, comment tu ne peux pas y croire ? s'excita Jazz.

— C'est bien parce que je n'en ai jamais vu que je n'y crois pas !

— Tu crois bien en Dieu pourtant !

— Laisse Dieu en dehors de ça ! dit-elle frustrée que le jeune garçon ait trouvé un bon argument.

— Croyez ce que vous voulez, mais là n'est pas le problème ! Il reste encore à savoir comment résoudre la quête et surtout on ne peut pas être sûrs à cent pour cent qu'il n'y ait pas de dangers, alors tu restes.

— Ce n'est pas une affaire pour une jeune demoiselle, ajouta Rob, un sourire cynique.

Le garçon aux cheveux pourpres lui jeta un regard noir tout comme celle aux cheveux azur.

— Et qu'est-ce que ça change que je sois une fille… ?

Au moment où elle posa sa question, le vent souffla brutalement. Les feuilles tournoyaient sur elles-mêmes violemment, ce qui les faisait claquer contre le sol. Jazz se tint douloureusement la tête à l'aide de ses mains, puis quand elle le remarqua, le vent s'arrêta subitement de souffler.

Elle observa les garçons qui la regardaient déjà, puis leur sourit courtoisement.

— On a trouvé quelque chose de plus féroce qu'un loup-garou, se moqua le brun.

— Viens avec moi, Koda, intima Yolan.

La jeune fille obéit, satisfaite de pouvoir se retrouver un moment seule avec lui. Ils partirent un peu plus loin où ils pouvaient être sûrs que leurs deux autres camarades ne puissent pas les entendre.

— Tu m'avais tellement manqué… commença la jeune fille. Je m'en voulais qu'on se soit quittés de cette façon.

— Ce n'est pas de ça que je voulais te parler. Et puis, on s'était sans doute mal compris. J'ai cru voir que tu avais déjà quelqu'un, et que ça m'a agressé les yeux de le voir sans t-shirt.

Koda rougit et hoqueta de surprise.

— Non tu te fais des idées ! C'était mon autre solution par rapport à mon rêve…

Yolan releva un sourcil, devenu soudainement curieux.

— Avant de vous avoir rencontrés, ma sœur voulait m'aider en me présentant à des amis de son mari qui habitaient la capitale… Si j'avais la chance d'en épouser un, j'aurais pu emménager avec lui.

La jeune fille marqua une pause. Elle hésita longuement avant de reprendre.

— Puis je t'ai rencontré, et non seulement j'ai eu de la chance qu'on ait un but commun qui prend en compte Royal Town, mais en plus je… Enfin, j'ai…

Elle n'arrivait tout simplement pas à poser des mots sur ce qu'elle ressentait. Toute rouge, elle continuait à bafouiller.

— Bref, tu m'as comprise !
— Non, je ne crois pas, taquina celui dont les yeux devenaient violets.
— Je me suis attachée à toi ! réussit-elle à dire, les joues brûlantes. Alors entre partir vivre avec un imbécile de bourge et pouvoir te côtoyer, le choix n'était pas compliqué…

Yolan se sentit fondre. Savoir qu'elle aurait perdu une occasion de se rapprocher de son rêve parce qu'elle se souciait de lui le rendit extrêmement ému. Soudain, une montée de colère profonde le prit.

— Pourquoi il n'avait pas de haut, alors ? Et pourquoi t'étais si bien habillée ?
— Mon père n'avait qu'une envie, et c'était de nous savoir unis officiellement par les liens physiques de l'amour, si on peut

appeler ça comme ça. Et Victor ne comprenait apparemment pas ce que le refus signifiait… Puis, je n'avais pas le choix pour la tenue, mais je suis contente qu'elle t'ait plu, répondit-elle avec un clin d'œil qui ne le laissa pas indifférent.

— Si je le croise au festival, rappelle-moi de lui casser les dents, menaça-t-il.
— Ça veut dire que vous m'emmènerez avec vous ? s'enthousiasma Koda qui sautait déjà de joie.

Le jeune homme lui prit délicatement les mains.

— Et avec quel argent, très chère ? Voilà qu'on vient d'être fauchés, sans oublier les transports qu'il faudra aussi payer !
— Mais avec l'argent de la mission, mon tendre ! Raison de plus pour que je parte avec vous, répondit la bleue du tac au tac.

Le chef ne put que se pincer le nez, irrité qu'elle eût toujours le dernier mot. Devant tant d'insistance, il était acculé.

— À une seule condition alors : que tu viennes t'entraîner sans répit demain. On partira mardi. Prends de quoi t'habiller, on ne rentrera pas avant un mois.
— Chouette ! s'écria Koda. Tu peux compter sur moi ! J'ai hâte de vous montrer les fruits de mon entraînement !

En posant sa condition, le jeune homme espérait que celle-ci ne pourrait pas venir à cause de ses diverses occupations. Et dans le cas où elle pourrait, il lui préparerait des entraînements qui la pousseraient à bout. Il ne voulait pas risquer la vie de son amie et savait qu'il ne pourrait pas se concentrer comme à son habitude si Koda se trouvait dans les parages. En la voyant s'éloigner, il frôla instinctivement du bout de son doigt la fleur qu'il portait à son pull.

De retour au campement, Koda prit le temps de discuter avec Jazz, qui se vantait de sa cicatrice. Il était ravi de l'aspect viril que celle-ci lui donnait, contrairement à la jeune fille à qui elle ne rappelait que de mauvais souvenirs.

— Maintenant qu'on est tous réunis, place à l'action, dit Yolan qui arrivait d'un pas léger.

La jeune fille prenant le garçon au mot posa sa main sur son épée. À peine l'eut-elle touchée que le rocher sur lequel elle était installée plus tôt explosa, et l'atmosphère devint subitement lourde et difficilement supportable. Les oiseaux s'envolèrent en agitant les cimes des arbres et elle vit Rob se figer devant elle tout comme le garçon aux cheveux pourpres. Celui aux cheveux orangés se tenait encore la tête, accroupi au sol.

— Je pense que tu n'auras pas besoin d'entraînement au final, conclut Yolan, admiratif.

Chapitre 9
Règles brisées

Koda crut avoir rêvé. Elle regarda ses amis d'un air enjoué mais se sentit à la fois intensément mal à l'aise à cause du regard de ces derniers. Elle avait le sentiment d'être considérée comme une bête de foire.

— Ça veut dire que je peux venir avec vous ? demanda-t-elle afin qu'il n'y ait aucun malentendu.

Le jeune chef soupira et hocha la tête. Sans attendre, la jeune fille lui sauta au cou puis colla son front contre le sien. Elle remarqua à nouveau cet éclat violet qu'elle aimait tant dans ses yeux, et lui donna un sourire sincère.

— Ça va, on vous dérange pas trop peut-être ? grogna le brun qui n'avait qu'une envie de vomir en voyant de telles niaiseries.

Yolan se défit rapidement de son étreinte, plus embarrassé qu'autre chose. Il commençait à regretter d'avoir accepté sa demande. Koda fut chagrinée de le voir s'éloigner d'elle. Elle avait apprécié le moment où il s'était ouvert à elle mais ne semblait pas vouloir retrouver cette connexion d'antan. Les trois amis suivirent le chef jusqu'à une large plaine, où ils pouvaient se donner à leurs exercices.

⁂

Après une journée d'entraînement intensif, Koda était fin prête à partir. Ils s'étaient entraînés massivement à s'adapter à l'aura de chacun d'entre eux et comprirent que l'aura de la jeune fille se trouvait légèrement en dessous de celle de Rob. Ce dernier grinçait des dents, lui disant qu'il ne fallait pas qu'elle espère le dépasser un jour, car aucune femme n'en était capable. Jazz, lui, était à la fois admiratif mais également abattu. Cela faisait bien plus longtemps que Koda qu'il se battait à l'épée mais cela n'empêchait pas cette dernière de le dépasser en si peu de temps. Celle-ci avait passé un tiers du temps à le réconforter, lui disant que s'il n'avait pas été blessé, il aurait pu s'entraîner pendant son mois de convalescence et aurait été bien plus fort. Bien évidemment, elle n'avait pu cesser de s'excuser auprès de son ami, gardant en tête que tout ceci était de sa faute. Celui aux cheveux flamboyants l'avait rassurée, et lui avait dit que si elle était un homme, il aurait été ravi d'être remplacé par cette dernière pour le tournoi. Koda trouvait sa remarque étrange, mais ne fit pas de commentaires. Quant à Yolan, elle avait bien constaté que celui-ci n'employait qu'un dixième de sa puissance, qui était déjà bien trop compliquée à supporter. Son niveau lui permettait d'ajuster son aura à celle des autres, mais ne pouvait la rendre plus supportable pour que ses amis s'entraînent davantage. Savoir qu'il ne mettait pas toute sa force dans ses entraînements terrorisait Koda. Elle avait hâte de le voir à l'œuvre, mais savait que si cela devait arriver, la raison ne serait pas de bon augure.

Yolan avait été dur avec elle toute la journée. Il lui adressait peu la parole et encore moins des regards et les seuls mots qu'il lui adressait étaient des ordres par rapport aux diverses stratégies qu'ils avaient mises en place, au cas où la situation dégénérerait. Elle était embarrassée de penser qu'elle seule éprouvait l'infime espoir de retrouver l'étincelle de leur premier baiser. Elle en voudrait bien plus qu'un et lui en faire part, mais fut gênée aussitôt qu'elle s'imaginait de telles choses. S'il ne voulait pas d'une relation avec elle, elle n'y pouvait rien. Et puis, si elle lui disait qu'elle le désirait, les opinions qu'il avait déjà d'elle ne pourraient que se confirmer.

C'est devant chez elle qu'était établi le rendez-vous. Il était cinq heures du matin, et on pouvait d'ores et déjà entendre le chant du coq. Elle finit de préparer son sac à dos qui était proche d'exploser puis sortit en prenant soin de ne pas faire de bruit en refermant la porte derrière elle.

Elle n'avait pas prévenu sa mère. Koda pensait que lui en faire part ne lui ajouterait que des soucis sur le dos, surtout par rapport à son père qui la soupçonnerait d'être complice, et qui lui demanderait toutes les informations. Si son père apprenait son départ et surtout quelle en était la raison, Koda savait bien qu'elle n'aurait plus la chance de revoir le jour.

— Koda ?

La jeune fille se stoppa net dans son élan. Elle se retourna et vit sa mère, qui lui parlait depuis la fenêtre de la cuisine.

— C'est avec lui que tu pars ?

Koda se retourna à nouveau et vit derrière elle celui qui faisait battre son cœur. Elle le trouvait magnifique à l'instant. Un faible rayon de lumière dans l'obscurité mit en évidence le gris saisissant de ses iris. Ses cheveux qui avaient légèrement poussé flottaient dans la brise du matin et lui donnaient envie de joindre ses mains dedans.

— Oui, c'est avec moi, Cassie. Je vous promets de la ramener saine et sauve, il ne lui arrivera rien à mes côtés, renchérit le jeune homme.

Mme Gwyneth sentit son cœur fondre. Elle était heureuse que sa fille ait trouvé sa voie et surtout la personne avec qui elle voulait suivre sa destinée. Cela lui rappelait de vieux souvenirs où elle-même rêvait d'escapades amoureuses mais n'avait jamais eu le courage de le faire. La femme s'essuya une larme discrètement et hocha la tête.

— Bien sûr, tu n'as pas vraiment le choix de toute manière. Au revoir, les enfants, dit-elle en refermant la fenêtre.

Koda laissa quelques larmes couler. Elle savait que sa mère s'était cachée derrière cette fenêtre fermée pour pleurer son départ. Son « au revoir » résonnait comme un adieu dans ses oreilles ce qui la bouleversa davantage. Elle était presque capable de changer d'avis et de rentrer réconforter la femme qui l'avait élevée et aimée comme personne d'autre ne l'avait jamais fait.

— Tu peux toujours rester, ça ne sera pas un problème, fit savoir Yolan.

La jeune adolescente sécha ses larmes et calma son souffle. Elle faisait ça pour réaliser son rêve et savait qu'elle le regretterait si elle abandonnait tout dès la première difficulté psychologique survenue. Elle fit non de la tête, et s'approcha de son ami. Rob et Jazz venaient de faire leur apparition dans le champ de vision de la jeune fille, mais ils n'avaient rien loupé de la conversation poignante entre une mère et sa fille. Enfin, elle n'était poignante que pour celui aux cheveux de feu qui essuyait ses larmes.

— On peut y aller ? Tu n'as rien oublié ? demanda celui aux yeux gris.

Koda fixa intensément le jeune chef, puis prit son visage entre ses mains. Surpris et ne comprenant pas ce qu'elle était en train de faire, Yolan la regardait s'approcher dangereusement de sa bouche. La jeune fille scella ses lèvres aux siennes et fut certaine de voir ses yeux tourner au violet. Même si lui ne le montrait pas, ses iris ne mentaient jamais à propos des émotions qu'il ressentait.

— C'est tout ce que j'avais oublié, te rappeler que je suis là et que je n'ai pas arrêté ni n'arrêterai jamais de penser à toi, chuchota-t-elle dans un soupir. Maintenant, on peut y aller !

Elle fit signe à ses deux autres camarades de la suivre et ceux-ci se mirent en route.

Ils traversèrent la forêt pendant plusieurs heures de marche. Au déjeuner, ils firent une pause et Yolan en profita pour donner des détails sur la mission qui les attendait à la jeune fille qui l'avait embrassé plus tôt dans la matinée. Ce souvenir le déstabilisa un moment, puis après s'être infligé une claque mentale, il reporta son attention sur cette dernière. Il ne put que la trouver sublime, malgré le fait qu'elle portait un vieux jogging gris et un simple pull ample vert. Ses cheveux azur rassemblés en un chignon lui rappelaient le jour où il était allé déjeuner chez elle, ce qui le déconcentra d'autant plus. Ses yeux bleu marine ancrés dans les siens accélérèrent son rythme cardiaque, ce qui fit Yolan tourner le dos à celle qui provoquait ce cataclysme émotionnel en lui.

— Désolé, donne-moi un instant, s'excusa-t-il en s'enfonçant un peu plus loin dans les nombreux buissons qui entouraient les arbres peuplant la forêt.

Jazz et Koda se regardèrent les sourcils froncés, ne comprenant pas ce qui perturbait le chef.

— Tu sais ce qu'il a ? demanda en premier la jeune fille.

Jazz colla ses index l'un contre l'autre, donnant l'image de deux personnes qui s'embrassaient.

— Sinon je n'ai pas d'autres idées, ajouta-t-il moqueur.

Koda rougit fortement. Elle avait oublié qu'elle avait embrassé Yolan devant ses coéquipiers et prit conscience que cela avait pu fortement déranger le jeune garçon. Elle lui avait comme volé un baiser dont il ne voulait probablement pas, et culpabilisa de l'avoir forcé de la sorte. Dans le feu de l'action, elle ne s'était pas posé tant de questions, mais se résigna à lui présenter ses excuses.

— Je vais lui parler, fit-elle en se levant du tronc d'arbre sur lequel elle était assise.

Jazz la regarda s'éloigner en lui offrant des bruitages de baisers, tel le bambin qu'il était resté.

Quand la jeune adolescente prit le chemin emprunté par le jeune chef cinq minutes auparavant, elle l'aperçut reposer son front contre un arbre. Il n'avait pas l'air d'être dans son assiette ce qui attristait énormément la jeune fille.

— Ça va ?

Yolan se retourna vivement après avoir reconnu la voix de la jeune aux cheveux bleus. Il avait les yeux rougis ce qui inquiéta l'adolescente, qui s'approcha furtivement de lui.

— Ne t'approche pas plus, Koda.
— Il y a un problème ? Tu me fais peur Yo, continua cette dernière.

Le jeune homme fronça un sourcil à l'entente de ce nouveau surnom.

— Comment tu peux agir comme ça avec moi, alors que tu ne sais même pas qui je suis…

Koda écarquilla les yeux.

— Comment ça ? Si tu parles de ce matin, je suis vraiment navrée, je ne sais pas ce qui m'a pris, sous le coup de l'émotion je venais de quitter ma mère, je ne voulais pas te perdre non plus !

— Mais pourquoi moi ? Qu'est-ce que j'ai mérité pour recevoir toute ton attention ?

La jeune fille soupira et combla rapidement l'espace qu'il y avait entre eux.

— Tu rigoles j'espère ! Je pensais que toi et moi on se comprenait sur certains points, et que le fait qu'on se soit ouverts l'un à l'autre nous ait forgé un lien inestimable ! Yolan, je…

— Non, ne dis rien… je peux pas, je suis désolé… il y a des choses que tu ne sais pas de moi et je ne veux pas te perdre après te voir déçue… je préfère préserver notre amitié et cesser ce jeu d'attraction. C'était de ça que je voulais te parler l'autre jour. Ne sois pas fâchée s'il te plaît, j'espère que tu comprendras.

Koda continua de s'approcher du garçon aux yeux violets.

— C'est pour ton bien, je t'assu…

Il ne put finir sa phrase car la jeune fille l'embrassa déjà avec hargne. Ils savaient, l'un comme l'autre, que cette tension qui les entourait ne pourrait jamais se dissiper.

Lui aussi, contrairement à ce qu'il venait de lui déclarer, ressentit du plaisir dans ce baiser profond et langoureux. Il y mettait du sien, laissant leurs langues parler pour eux-mêmes. Cet échange d'émotions intenses les essouffla rapidement, mais à peine eurent-ils repris leur souffle qu'ils retournaient à la charge. Yolan poussa son corps contre celui de la jeune fille, l'emprisonnant entre un arbre et lui. Il attaqua son cou sauvagement, ce qui provoqua une vague de plaisir chez l'adolescente, qui retira son pull pour lui permettre d'accéder à ses épaules. Le jeune homme en profita alors pour déposer de doux baisers sur celles-ci, mais lorsqu'il sentit la main de la jeune fille passer sous son t-shirt et remonter le long de son dos, son désir naissant s'arrêta net, comme rappelé à la réalité.

— J'ai fait quelque chose de mal ? demanda Koda.

— Non, c'est moi. Comme je te l'ai dit, on devrait arrêter ce manège… répondit-il en retournant auprès de ses camarades, une main passant dans ses cheveux violets.

La jeune fille éprouva une pointe de déception. Elle n'avait jamais ressenti de pareilles sensations et lui en voulait de l'avoir laissée sur sa faim. Elle fut triste de ne pas avoir pu lui retourner le plaisir qu'il lui avait procuré.

Koda suivit le jeune homme cinq minutes après qu'il fut parti. Elle avait oublié de remettre son pull ce qui n'avait pas échappé à son ami aux cheveux cuivrés.

— Tu vas attraper froid en débardeur ! sourit ce dernier.

Rob qui venait d'arriver comprit directement de quoi la discussion retournait.

— Mais non, il faisait très chaud là-bas, pas besoin de pull, commenta-t-il.

Koda ne trouvait même plus la force d'éprouver de l'embarras. Elle n'avait que le ballet de leur baiser en tête et fut chagrinée de ne pas apercevoir le jeune homme auprès d'elle. Elle voulait lui demander ce qui n'allait pas et pourquoi ils ne pouvaient pas continuer et approfondir leur relation. Elle aurait voulu qu'ils la prennent comme elle venait, sans se poser de questions ni de tracas inutiles. Mais ça n'était pas l'avis de celui aux cheveux pourpres.

— T'as l'air chagrinée, ma belle, remarqua Rob.

La jeune fille, plongée dans ses pensées, ne fit pas attention à ce qu'il ne restait plus que Rob à ses côtés. Elle se souvint maintenant avoir entendu Jazz les prévenir qu'il se rendait aux toilettes.

En temps normal, elle aurait tremblé en sachant qu'elle n'était qu'en sa compagnie, mais elle était si déprimée qu'elle n'arrivait plus à ressentir la crainte.

— Tu devrais accompagner Jazz à ses pauses pipi, il va encore se perdre.

— Je suis pas une pédale moi, ricana-t-il.

— C'est quoi une pédale ? fit-elle, curieuse.

À dire vrai, elle ne connaissait que les pédales qui servaient à faire du vélo, mais ne voyaient jamais le rapport dans ces discussions, où son père employait parfois ce terme.

— Un pédé, un gay, un homosexuel, répondit-il intrigué qu'elle ne connaisse pas ce mot.

Koda ne comprenait toujours pas ce qu'il voulait dire et le signala en relevant un sourcil.

— Un homme qui en aime un autre par exemple, c'est ce qu'on appelle un homo, ou une femme qui en aime une autre.

Rob était surpris de devoir expliquer cela à une fille de quatorze ans.

— Et c'est un problème d'être homo ? demanda-t-elle ne comprenant pas le ton rempli de reproches du brun.

— Tu rigoles ! Bien sûr que c'en est un, c'est contre nature et vraiment dégoûtant. N'hésite pas à les dénoncer si t'en vois, ils seront punis par la loi.

La jeune fille fut étonnée. Elle ne comprit vraiment pas pourquoi le brun trouvait cela dégoûtant, mais ne voulut pas ajouter de commentaires.

Après tout, on ne peut pas choisir de qui on tombe amoureux, dans le cas contraire, qui voudrait d'une vie remplie de persécutions ? pensa-t-elle.

— Enfin bref, je sais que tu t'inquiètes pour Yolan, mais ne t'en fais pas, laisse-lui le temps de gérer ce qui se passe en lui, puis vous ferez plein de bébés.

Koda ne voulait pas d'enfants, en tout cas pas maintenant, elle n'avait pas l'âge pour en avoir. Cependant, s'imaginer parents avec Yolan la fit frissonner.

— Il m'a dit qu'il y avait quelque chose dont il ne pouvait pas me parler, tu crois que c'est grave ? Est-ce que par hasard il aurait rencontré quelqu'un pendant le mois d'absence ? J'ai remarqué une fleur, une pensée bleue accrochée à son pull… ça venait d'elle, n'est-ce pas ?

La jeune fille était si désemparée qu'elle ne pouvait s'empêcher de s'imaginer divers scénarios. Le pire était qu'elle recevait des conseils de Rob, soit de la dernière personne dont elle aurait voulu devenir la confidente.

Rob éclata de rire, de sa voix rauque qui assomma les tympans de l'adolescente.

— Alors là, tu n'y es pas du tout ! Au contraire, il a cueilli cette fleur pour se souvenir de toi. Lourd de sens, hein, une pensée du même bleu que tes cheveux. C'est si niais que ça me donne la gerbe.

Koda eut un rayon de soleil dans ses yeux. Cet infime espoir lui montrait qu'elle avait encore une chance avec lui. D'un autre côté, elle ne voulait pas jouer encore avec ses sentiments. Il lui avait clairement dit d'arrêter ce cirque… mais elle voulait en connaître les véritables raisons.

Peut-être que Yolan aimait les hommes, comme Rob en avait parlé juste auparavant. Néanmoins, ça ne pouvait pas être ça, elle était sûre du plaisir qu'ils avaient partagé durant leur échange.

— Je pense juste que Yolan n'est pas habitué à ressentir de tels sentiments, je ne l'ai jamais vu accompagné d'une autre personne et s'il avait des relations, il les tenait secrètes ou elles n'étaient que nocturnes. Laisse-le s'habituer, tu verras. Moins t'iras le voir et plus tu lui manqueras, ça coule de source. Un mois qu'il t'a pas vue, et il était toute « fleur bleue » si t'as compris le jeu de mots.

Koda sourit légèrement.

— Merci, Rob, dit-elle en hésitant sur ces mots.

Celui-ci lui rendit un clin d'œil et s'éloigna à pas de loup.

— Je suis pas une pédale mais je vais chercher le gamin, à tous les coups il a dû se perdre.

Koda acquiesça et observa le brun s'enfoncer dans la densité imposante de la flore.

✣✣✣

Les quatre amis sortirent enfin de la forêt, qui débouchait sur une plaine, au sommet d'une falaise. Jazz tapa dans les mains de Koda, ravi qu'ils aient atteint une première étape de leur aventure. Rob, toujours lassé, aurait préféré retourner dans les bois et y vivre pour toujours. Yolan qui expliquait enfin les détails de la mission à la jeune fille dut s'arrêter dans son entrain.

— Ça ne peut pas être… commença le jeune chef qui accourut au pied du ravin.

D'un coup, une puissante aura qu'aucun des trois autres membres n'avait jamais ressentie rendit l'atmosphère lourde et asphyxiante. Koda tomba à genoux et fut plaquée au sol, essayant de trouver de l'air à ras de celui-ci. Elle se retourna et cria le nom de Jazz quand elle vit que ce dernier était évanoui. Rob pliait les genoux fortement, mais ils savaient tous deux qu'ils n'allaient pas tenir vingt secondes de plus.

— Yolan ! essaya-t-elle de prononcer tout en gardant de l'air dans ses poumons.

Elle avait utilisé tout son oxygène pour prononcer son nom et devait dorénavant entrer en apnée. Koda avait toujours été légèrement claustrophobe, mais ce qu'elle ressentait en ce moment même était pire que d'être enfermée dans un endroit étroit.

Elle rampa de toutes ses forces, et ce qu'elle vit la laissa extrêmement choquée. La falaise qui se trouvait en face de celle où ils se trouvaient se fissurait. La pointe de celle-ci n'allait pas tarder à s'écrouler. D'un geste rapide, elle s'accrocha à la main de Yolan, qui la regarda finalement. Il fut rappelé au monde réel à l'aide du regard suppliant de son amie et son aura se dispersa. Tout rentra dans l'ordre, l'air s'était allégé et le bloc de la falaise ne risquait plus de s'écrouler. Le seul problème était Yolan qui venait de tomber dans les pommes et Jazz qui ne voulait pas se réveiller.

Aidés de Rob, ils allongèrent leurs amis sur des rochers assez longs et veillèrent auprès d'eux. Koda tenait la main de son ami orangé tout en maintenant son regard sur le jeune chef qui venait clairement d'avoir une crise de panique.

— Cette aura… ça lui est déjà arrivé ?

— Je ne sais pas si elle a déjà été aussi puissante, mais ça lui est arrivé à sa sortie de prison, quand il avait quatorze ans. Vivre dans la rue lui a rappelé à quel point le monde était injuste, mais c'est comme ça on ne peut rien y faire.

Koda n'était pas de son avis. Si on voulait quelque chose, il était évident qu'il fallait donner son maximum pour en faire un rêve réalisable.

Une heure plus tard, celui aux cheveux orangés se réveilla en pleine forme. Il avait l'air d'avoir oublié ce qui l'avait assommé plus tôt dans la journée et partit courir auprès du brun, qui venait d'allumer un feu de camp pour griller le peu de nourriture qu'ils avaient trouvé.

Une heure de plus et ce fut au tour de Yolan d'ouvrir les yeux. La première chose qu'il vit fut Koda assoupie à son chevet, un filet de bave lui glissant d'entre ses lèvres. Le violet gloussa puis se tourna sur le côté. Il ne s'était pas contrôlé. Cela faisait bien longtemps qu'il n'avait pas senti sa force démesurée se déchaîner d'un seul coup. Mais c'est bien parce qu'il n'avait pas l'habitude qu'il avait perdu tout contrôle de son aura.

Il se leva et voulut se diriger vers ses camarades qui avaient laissé un bout du dîner à côté du feu. Il voulut s'en approcher quand il sentit une main lui agripper le poignet.

— Tu ne veux vraiment pas me laisser tranquille, hein ? fit-il en souriant.

Il remarqua que Koda fixait intensément ce qui lui semblait être ses fessiers. Il fut soudainement embarrassé et crut se désintégrer quand la fille lui fit une remarque.

— T'as une tache de sang… et là aussi, dit-elle en pointant du doigt le rocher rougi sur lequel était allongé Yolan cinq minutes plus tôt. J'espère que ce ne sont pas tes règles, ce ne serait pas très pratique en ce moment.

Elle rit sur cette dernière phrase, mais s'arrêta subitement quand elle vit le regard désemparé de ce dernier.

— Yolan… tu… tu es une femme ?

Chapitre 10
Le loup-garou (1)

Koda n'arrivait toujours pas à digérer la nouvelle. Yolan, une femme ? Elle n'arrivait plus à réfléchir correctement, tant elle était abasourdie. Elle ne savait pas non plus comment réagir face à cette annonce. En effet, elle avait plusieurs possibilités : rester neutre car il s'agit de sa vie personnelle, être admirative, car Yolan était comme une superhéroïne ou être en colère contre lui car il ne le lui avait pas dit plutôt. Enfin, elle. La jeune fille se prit la tête dans les mains ne sachant même plus quel pronom elle devait lui associer.

Yolan et Koda avaient pris le temps de s'asseoir un moment, dans le silence le plus total. Elle ne trouvait pas cette absence de conversations embarrassante, mais bénéfique pour les deux individus qui nécessitaient d'un temps afin d'éclairer leurs pensées. L'adolescente avait voulu prêter son pull à son amie pour l'enrouler autour de sa taille et masquer la tache, mais cette dernière fut encore trop préoccupée par ce qu'elle venait de révéler involontairement pour accepter l'aide de Koda.

La jeune fille observa Yolan, et se dit qu'elle était encore plus sublime en tant que femme. Dorénavant, tout lui semblait plus féminin chez elle : ses magnifiques yeux gris en amande, ses cheveux courts qui étaient devenus un peu plus longs, sa minceur exagérée mais délicatement sculptée. Tous les indices lui apparurent alors comme évidents : sa voix douce, bien que légèrement grave, les regards sombres qu'elle jetait à Rob quand il parlait péjorativement des femmes, la raison pour laquelle elle n'avait pas pu toucher son dos, et ses vêtements larges qui ne devaient l'aider qu'à dissimuler ses formes auraient dû l'aider à deviner ce qui chagrinait tant Yolan.

— Donc, euh, c'est il ou elle ? demanda Koda, perdue et extrêmement embarrassée de devoir poser la question.

— Trop tôt, Koda, bien trop tôt, fit celle aux cheveux pourpres qui se pinçait le nez, irritée.

Elle aurait souhaité un plus long silence, préférant dévier le sujet qui la mettait tant mal à l'aise. Elle regarda la plus jeune qui avait l'air attristée de ne pas avoir obtenu de réponses à sa question.

— Ce que tu préfères, mais je t'en prie, considère-moi comme un homme devant les garçons.

— Ils ne le savent pas ! s'écria celle aux cheveux azur.

— Ne les réveille pas ! gronda Yolan. Non, ils ne le savent pas, Koda. Peu importe pour Jazz, mais tu sais très bien comment les femmes sont jugées par Rob. Ce ne sont que des machines à enfanter pour lui, alors imagine ce qu'il dirait s'il savait qu'il était dirigé par l'une d'entre elles…

Celle aux cheveux bleus repensa à sa discussion avec le brun concernant les homosexuels. S'il l'apprenait, que dirait-il de la relation que les deux filles avaient entretenue jusqu'à maintenant ? Koda rougit de honte, comprenant pourquoi Yolan décidait de le cacher.

— Il reste quelque chose que je n'arrive toujours pas à saisir… Rob te connaissait enfant, alors pourquoi il ne l'a jamais su ?

Celle aux yeux gris sourit. Koda pétillait de curiosité à propos de tout ce qui l'entourait ce qui prouvait un véritable intérêt de sa part.

— C'est vraiment ridicule, tu vas me dire. Ma mère se plaignait tout le temps d'être une femme depuis ma naissance, et ne cessait de me le répéter alors que je n'étais qu'une enfant. Elle me parlait toujours de l'injustice que subissaient les femmes et des souffrances auxquelles elles faisaient face. Qui voudrait d'une vie pareille ? Cependant, jamais je n'ai été résolue à devenir un homme, je suis une femme après tout et pour rien au monde je ne changerai ça ! Mais Rob, qui dès petit idéalisait les hommes et les plaçait au sommet, m'avait aussi considéré comme tel, alors que je ressemblais à une fille… En tout cas, plus que maintenant !

Koda ne put s'empêcher de rire.

— En effet, c'est vraiment ridicule, commenta-t-elle.
— Alors je ne lui ai jamais rien dit. Entre ma mère qui plaignait les femmes et Rob qui vouait une admiration inébranlable au genre masculin et qui me voyait comme un petit frère, j'étais chanceuse de pouvoir être considérée comme un

garçon. Je remercie aussi la mémoire humaine qui n'est pas infaillible, surtout à cet âge-là… Le plus dur était en prison. Les hommes là-bas sont vraiment immondes, comme ces voyous qu'on avait rencontrés au croisement pendant notre sortie.

La jeune fille aux cheveux bleus ressentit une profonde mélancolie, qui lui formait un creux dans sa poitrine. Elle ne savait pas par quelles difficultés était passée Yolan, et pourtant c'est elle qui la protégeait le plus dans chacune des situations. Mais elle aussi n'était qu'une femme et devait avoir ses propres peurs.

— Ils me regardaient tous avec une étincelle lubrique qui me dégoûtait. Parfois, certains arrivaient à me toucher, et le contact de leur peau me rendait insomniaque pendant des semaines… jusqu'à avoir eu une conversation avec M. Conroy. Celui-là ne supportait guère que des hommes âgés puissent me reluquer et plus généralement, il ne soutenait pas l'idée des prisons mixtes. C'est lui qui m'a proposé de me couper les cheveux et de me faire appeler définitivement par mon surnom. Après quoi il m'a montré tout son art sur le combat à l'épée. Je lui en serai éternellement reconnaissante…

— Tu ne t'appelles pas Yolan ! s'exclama la plus jeune.

— Chut ! lui rappela cette dernière en désignant leurs deux autres camarades du menton. Mon vrai nom est Yolana, enchantée. Mais tu peux continuer avec Yolan.

— Moi c'est toujours Koda et toujours aussi ravie de te rencontrer, rit-elle en lui serrant la main.

Celle aux cheveux violets eut un sourire maussade. Koda savait bien qu'elle avait encore du mal à devoir gérer son secret qui venait d'être percé.

— Au final, malgré tous les épisodes tragiques qui te sont arrivés, le fait que tu aies pris l'apparence d'un garçon t'a sauvée… Rob t'a reconnue et t'a suivie, puis t'a même présenté le tournoi qui a pris une place importante dans ta vie ! Tu peux même y participer en tant que tel, ce n'est pas plus mal, ajouta la jeune fille.

Cependant, elle eut un sentiment d'insécurité. Le tournoi était quelque chose de dangereux, elle ne voulait surtout pas qu'il arrive malheur à Yolan.

— C'est sûr ! Avoir pris une autre identité m'a offert une nouvelle vie, mais… Tu ne sais pas à quel point c'est dur de renier sa nature. Je suis une femme dans le corps d'une femme, mais qui doit se montrer homme et pour ça je suis contrainte de faire des compromis : manger excessivement peu pour cacher mes formes et devenir anorexique pour ne pas avoir mes règles. Mais je n'ai pas réussi à atteindre ce stade, alors je fais normalement très attention à chaque période du mois. D'autres contraintes telles que d'écouter les critiques de Rob au sujet de l'intimité de chaque individu, devoir me changer à la vitesse de l'éclair quand les deux autres ne sont pas à mes côtés et même au niveau de ma vie sexuelle qui est juste… très compliquée, comme tu as pu en attester. Et pourtant, j'ai toujours voulu avoir des enfants une fois que mon objectif sera atteint…

Koda sentit son cœur s'arrêter à l'entente du vœu de celle-ci. Deux femmes ne pouvaient pas avoir d'enfants ensemble… Elle rougit violemment, suite à cette pensée. Elle ne savait plus du tout comment réfléchir. Bien sûr qu'elle comprenait comment se sentait Yolan au niveau de ses préférences de genre, puisqu'elle-même était réellement confuse. Est-ce qu'elle aimait les hommes, parce qu'elle pensait que Yolan en était un, ou sera-t-elle toujours attirée par ce dernier maintenant qu'elle savait qu'elle était une femme ? Elle regarda Yolan dans les yeux et sentit son cœur battre à tout rompre. Elle se souvint alors de la phrase de sa sœur : « Fie-toi toujours à lui, il te dira toujours la vérité » et connut alors sa réponse. En attendant, elle savait aussi qu'il était encore trop tôt pour reprendre là où elles s'étaient arrêtées.

— Je te cache pas que j'ai envie de m'énerver contre toi pour ne pas me l'avoir dit plus tôt, mais je suis aussi trop heureuse de découvrir que je ne suis pas la seule fille dans l'équipe ! fit Koda, enjouée.

— Je te demande pardon… Au final, je ne trouvais pas d'autres solutions que de te rejeter à chaque fois qu'on se rapprochait, je ne voulais pas profiter d'être un homme seulement pour pouvoir t'embrasser. J'avais l'impression de te trahir un peu plus à chacun de nos échanges… Alors que si je t'avais tout dit, j'aurais pu éviter de te blesser.

— Non, c'est tout à fait normal maintenant que j'y pense ! J'aurais pu mal te juger si j'avais été quelqu'un comme Rob et tu aurais eu de nouveaux ennuis par ma faute. Finalement, tu fais bien de ne pas accorder ta confiance à n'importe qui.

— C'est gentil, mais bon… hésita-t-elle. Je ne sais plus au final si je ne t'ai rien dit parce que je craignais que tu finisses dégoûtée et que tu ne veuilles même plus de moi, ou si c'était seulement par manque de confiance…

Yolan se prit la tête dans les mains, perdue au beau milieu de ses nombreuses émotions qui l'envahissaient à nouveau.

— Encore une fois, je ne suis pas Rob, commenta la plus jeune en lui passant sa main sur son épaule pour lui apporter du réconfort.

— Merci beaucoup, Koda. Je ne sais pas pourquoi mais se livrer à toi est extrêmement facile. Ça fait du bien de savoir que l'on peut compter sur quelqu'un.

— Ça a dû te peser jusqu'à maintenant…

Celle aux cheveux violets soupira longuement.

— Sinon, j'avais une autre question en tête, reprit Koda qui voulait changer de sujet.

Yolan rit paisiblement.

— Ça suffit pour aujourd'hui, tu devrais te reposer il faut qu'on soit en pleine forme demain. Je vais en profiter pour nettoyer cette tache, j'ai vu un lac pas très loin.

— Fais attention à toi, s'inquiéta vivement la jeune fille.

La jeune cheffe lui sourit tendrement puis s'enfonça dans les bois. Étrangement, Koda ne trouva pas difficilement le sommeil et sombra rapidement dans les bras de Morphée.

Cela faisait maintenant quatre jours que Koda n'avait pas trouvé le bon moment pour poser sa question. Elle voyait bien que Yolan mettait rapidement fin à ses conversations quand celles-ci devenaient plus intimes, ne voulant pas que Jazz et surtout Rob se doutent que quelque chose n'allait pas. Elle n'était pas devenue plus froide pour autant avec la plus jeune mais parler sérieusement avec elle était devenu presque inaccessible.

Le quatuor devait arriver sur le lieu du rendez-vous dans l'après-midi, à la plus grande joie de l'orangé qui était épuisé de marcher sans repos depuis tout ce temps. Koda avait remarqué qu'il avait perdu un peu de poids, sans doute avec le peu de repas qu'ils avaient eu et avec tout le sport qu'il avait pratiqué jusqu'ici.

— Donc pour récapituler, on cherche le fiancé de la fille du commanditaire car il est coupable ? demanda-t-elle.

— On ne peut rien avancer pour l'instant. Tout ce qu'on sait c'est qu'il a menacé d'ensorceler sa fille sans donner de raisons valables.

— Et il y a cru ? Je veux dire, les sorciers et tout le reste n'existent pas alors sa menace n'est pas très crédible…

— Respecte un peu les superstitions des autres ! bouda Jazz.

— On vérifiera ça quand il nous le dira, répondit simplement Yolan.

— Mais quel est le but de la quête finalement ? Si celle-ci s'est vraiment transformée en monstre, on devra l'exorciser ? reprit Koda.

Le garçon aux cheveux orange trembla brusquement et sa peau fut recouverte de chair de poule.

— On devra faire tout notre possible pour donner une explication à M. Johnson, même s'il est impossible pour nous de la lui ramener.

— Mais… Si on ne trouve rien, on aura fait tout ça en vain !

— Même si la quête échoue, on sera forcément payés, peut-être pas la somme due, mais on obtiendra quand même quelque chose en retour, rétorqua Rob, agacé par toutes les questions de la jeune fille.

La discussion close, les amis se remirent en chemin. Après quelques heures de marche, ils arrivèrent finalement au bourg de Little Tail, où ils devaient rejoindre M. Johnson, le commanditaire. Auprès d'un panneau de croisement, ils le virent adossé au mur de la taverne. Koda le trouva très vieux en voyant les nombreuses rides qui couvraient son visage. Mais elle se dit en voyant son teint blafard qu'elles devaient être dues à l'angoisse à laquelle il faisait face suite à la disparition de sa fille.

— Bonjour, les jeunots. Je suis ravi que vous ayez pu venir. Suivez-moi, je possède un domaine non loin d'ici. Il ne faudrait pas que les rumeurs se répandent, j'ai déjà bien assez de soucis comme ça. Et demoiselle, je ne sais pas ce que vous faites là, mais c'est dangereux pour les gens comme vous, remarqua-t-il en posant ses yeux sur Koda.

— Elle est avec nous, c'est notre mascotte, dit Rob un sourire en coin.

— Ah, je ne vous inclus pas dans la récompense alors ?

— On est ensemble. Soit vous remplissez votre part du marché honnêtement, soit on part, compléta Yolan, les bras croisés.

— Oh oh, très bien, je vois que vous avez le sens des affaires. Allons-y si vous le voulez bien.

Les cinq individus se mirent alors en marche. Ils quittèrent la ville et s'éloignèrent plus loin dans la cambrousse qui était extrêmement sèche.

— J'en peux plus… ! Qui a inventé la marche à pied que je le coupe en petits morceaux, sanglota Jazz qui ne sentait plus ses jambes.

La cadette aurait bien voulu le porter sur son dos, mais elle savait qu'elle ne tiendrait pas sous son poids. Elle lui tendit juste la main pour lui donner la force nécessaire pour avancer.

— Ne vous en faites pas mon bon monsieur, nous voilà arrivés.

Le jeune garçon fut aux anges d'avoir été appelé ainsi.

En effet, en sortant de la forêt, ils arrivèrent devant un manoir, qui semblait être vide. Le seul son qu'on entendait était celui des vagues qui s'assoupissaient contre le sable qu'on pouvait voir au-delà de la vaste demeure.

— Waouh, la mer ! firent en chœur Jazz et Koda qui s'y précipitaient déjà.

— Gentilhomme, mascotte, attendez, je vous prie ! les interpella M. Johnson.

Yolan ne put cacher son rire quand elle entendit le surnom de la jeune fille. Celle-ci faisait déjà la moue, les poings fermés.

— Je m'appelle Koda ! s'écria-t-elle à l'attention du commanditaire.

Ce dernier l'ignora puis les guida à l'intérieur de sa résidence. Il les emmena dans un immense bureau et les pria de s'asseoir.

— Alors comme je vous en avais déjà parlé, ma fille a subi une malédiction. J'aimerais que vous me la rameniez, sous sa forme humaine j'entends bien.

— Mais pour quelle raison son fiancé lui aurait-il fait ça ? demanda Koda sans plus attendre.

— Mais bon sang, j'aimerais bien le savoir ! Je lui ai toujours dit qu'il était fou !

Les quatre amis se regardèrent, interloqués.

— Je vous ai convoqués à cette date précise parce que ce soir, la lune sera pleine. J'ai vu ma fille apparaître pour la première fois dans la cave du manoir un mois auparavant, et elle avait failli me déchirer le bras, regardez j'ai encore la marque de ses griffes acérées, continua le commanditaire. Je me suis alors réfugié pour sauver ma peau.

Jazz étouffa un cri en observant les blessures lancinantes du vieil homme. Rob écarquilla les yeux de stupeur, une sueur perlant sur son front. La plus jeune, elle, ne voulait pas y croire et cherchait un moyen rationnel qui pourrait expliquer les plaies profondes.

— Quand est-ce que son fiancé vous a menacé ?
— Eh bien, c'était le soir même de l'incident à la cave.

Yolan et Koda se regardèrent d'un air entendu. M. Johnson leur demanda de venir à minuit et leur donna un double des clefs de la cave. Il leur a fait signer un testament qui garantissait que s'il arrivait malheur aux quatre jeunes aventuriers, celui-ci ne serait pas tenu pour responsable. Il leur a ensuite laissé s'occuper comme ils le voulaient en attendant la fameuse heure.

— Ça sent la dispute familiale entre les familles des deux partenaires, conclut Yolan en quittant le bureau.
— C'est ce que je pense aussi, ajouta Koda.
— Moi, je pense simplement que son fiancé est un méchant fiancé et qu'il a voulu l'ensorceler par pur plaisir sadique. T'es sûr que t'as pas de la famille dans la nécromancie Rob ?
— Tu ferais mieux de courir, gamin, fit l'interpellé énervé qui se mit à le pourchasser dans la demeure, l'épée dans la main.

La cheffe et l'adolescente riaient devant la scène à laquelle elles assistaient. Une fois qu'ils s'étaient calmés, le petit groupe décida de sortir pour faire passer le temps.

— Bon, que fait-on maintenant ?

Jazz et Koda se regardèrent, complices. Sans prévenir, ils se mirent à crier et à courir en direction de la mer.

— J'imagine qu'on n'a pas le choix, fit Yolan à l'attention du brun.

Les pieds dans le sable, la jeune fille fut agréablement surprise de ressentir une douce chaleur dans ses pieds. Elle sentit ses cheveux voler dans le vent marin et huma l'air qui avait une odeur iodée. Elle laissa le son des vagues l'apaiser, puis elle s'allongea dans le sable, battant des jambes et des bras.

— C'est la meilleure sensation que j'ai jamais connue ! cria-t-elle.

— Tu n'es jamais venue à la mer auparavant ? lui demanda son ami aux cheveux orange.

— Non, jamais… Je m'imaginais la plage à travers des romans que je lisais, mais je n'ai jamais pu y mettre les pieds. Et toi, tu es déjà venu ?

— Oui ! Comme toi, je n'y avais pas accès en habitant la capitale, mais on a eu l'occasion d'y venir plus d'une fois avec Yolan et Rob, fit-il.

— Je suis heureuse de la découvrir avec vous, ajouta-t-elle, joyeuse.

— Maintenant, à la mer ! s'exclama Jazz qui courut vers cette dernière, prenant soin de jeter son t-shirt et son short.

Koda sourit et à son tour voulut rejoindre son ami. Elle retira son pull en prenant soin de garder son t-shirt et quand elle voulut se débarrasser de son jogging, quelqu'un l'arrêta dans son élan.

— Tu es sûre de vouloir te déshabiller ? Je ne veux pas que tu te sentes mal à l'aise, fit Yolan, légèrement embarrassée.

Celle-ci lui répondit d'un large sourire, se retrouva en culotte et rejoignit Jazz. Yolan fit tout son possible pour ne pas fixer le bas de la jeune fille et surveilla de loin les plus jeunes. Elle fut étonnée de voir Rob enlever son haut.

— Toi aussi ?
— Ouais, viens avec nous, ça fait du bien de se rafraîchir un peu avant la longue nuit qui nous attend.

Yolan baissa le regard.

— Ah, c'est vrai, j'oubliais que t'aimais pas l'eau. Mais retire au moins ton pull, je transpire rien qu'en te regardant, continua-t-il en s'éloignant vers les deux autres.

La jeune femme regarda celle aux cheveux bleus qui jetait de l'eau à la figure de Jazz, et Rob qui prenait plaisir à plonger dans les vagues.

— Yolan !

Celle-ci vit Koda l'appeler, comme pour lui demander de l'aide. Yolan s'approcha du bord de mer puis fut rassurée quand elle la vit sortir de l'eau sans problèmes mais ignorait ce que Koda avait en tête quand elle la vit s'agenouiller à ses pieds. La plus jeune lui retroussa son pantalon, puis lui prit la main.

— Viens tremper tes pieds, l'eau est bonne !

Effectivement, Yolan sentit la tiédeur de l'océan. Elle regarda la jeune fille qui lui souriait déjà, puis lui sourit en retour. Celle aux cheveux violets fut émue par l'attention de son amie, et sentit peu à peu son cœur se réchauffer au fur et à mesure qu'elle sentait les vagues battre sous ses pieds.

Trois heures passèrent et il était déjà l'heure du dîner. Jazz insista pour passer au marché et acheter de l'ail ou de l'argent, qui selon lui, repoussaient les entités maléfiques. Koda lui assura qu'il n'y avait que la force de Dieu qui pouvait les protéger, puis ceux-ci partirent dans un nouveau débat.

Ils dînèrent en compagnie de M. Johnson et de sa femme, puis ils restèrent éveillés quand ces derniers partirent se coucher.

— On se raconte des histoires d'horreur pour anticiper ce qu'on verra dans la cave ? proposa Koda.

— On en vivra déjà une intense en bas, alors ce sera sans moi, fit Jazz dont l'âme commençait déjà à s'échapper.

— Bon, alors des histoires d'amour, comme aux soirées entre filles ?

— T'es la seule fille ici, grogna Rob.

Koda s'empêcha de répondre le contraire et elle entendit Yolan éternuer.

— Oh oui ! s'enthousiasma l'orangé.

— Qui veut commencer ? fit la jeune adolescente.

— Je passe mon tour, répondit la jeune cheffe, soudainement mal à l'aise.

— C'est à moi alors ! répondit Jazz. Avant de quitter la capitale, j'étais fou amoureux d'Elena. Quand je la voyais tous les jours pour le goûter, elle me faisait plein de gâteries, j'étais le plus heureux du monde.

— Euh, qui est Elena ? demanda Rob.

— La meilleure pâtissière de la capitale !

Ses trois amis semblèrent soulagés.

— Tu voulais dire gâteaux alors je pense, le corrigea Yolan.

— Ah oui, c'est ça. Pourquoi ? C'est quoi une gâterie ?

Les trois camarades détournèrent le regard, sifflant une mélodie visant à distraire le jeune garçon.

— Bon, il est minuit. On devrait y aller.

Jazz frissonna tandis qu'ils entendirent un énorme bruit provenant de la cave. Le quatuor quitta la demeure pour se rendre au sous-sol. Avant d'y entrer, Yolan remarqua que la fourche qui était exposée à l'extérieur manquait puis prit son arme en main.

Une fois à l'intérieur, quelque chose leur grogna dessus. Un rayon de lumière illuminait une silhouette imposante, celle d'un loup-garou.

Chapitre 11
Le loup-garou (2)

— Koda, attention ! cria Yolan qui vit la bête viser « l'unique » fille du groupe.

Koda exécuta une roulade pour éviter le coup du monstre qui visait son bras. Elle retint un cri de douleur quand elle sentit les griffes du loup lui transpercer superficiellement sa chair, puis elle remarqua que la manche de son pull était déchirée. Elle fit un bond en arrière quand elle vit qu'il revenait à la charge puis crut que sa fin était arrivée lorsqu'elle vit Rob coincer sa lame entre elle et la créature.

— Bah, alors qu'est-ce qu'il t'arrive ? Bouge-toi, tu gênes ! lui ordonna-t-il.

Elle voulut lui venir en aide mais jeta un regard à Yolan pour savoir ce qu'elle comptait faire. Elle remarqua que Jazz se cachait derrière la cheffe puis souffla un coup.

— Bon, c'est pas que je galère mais j'aimerais bien un coup de main, siffla le brun à l'attention de Koda.

La concernée constata que Rob glissait à reculons puis elle s'avança, son épée de bois en main. Elle libéra son champ énergétique et imagina une épée en argent puis donna un coup net dans les bras du loup-garou, pour se venger de ce qu'il lui avait infligé plus tôt. Avant qu'elle n'ait pu donner son coup, ce dernier sauta en arrière, terrorisé.

Ce fut au tour de Yolan de se jeter sur sa proie et de lui couper sa patte. Elle tomba dans un fracas assourdissant, et essaya de se débarrasser de la deuxième mais le monstre ne se laissa pas faire.

— Visez sa patte, sans lui faire de mal !

— Quoi ? demanda Rob intrigué. Comment tu veux couper une patte sans faire mal !

Koda regarda rapidement et vit que la patte qui était tombée n'avait pas été accompagnée de sang. Quand sa vue s'adapta enfin à l'obscurité, elle remarqua que la patte n'était rien d'autre qu'un simple tas de ferraille.

Une fourche, devina-t-elle.

— Jazz, fais-le ! c'est toi qui es le plus proche ! cria-t-elle quand elle eut compris de quoi il s'agissait.

Jazz ferma les yeux et trancha net devant lui, sans une once d'hésitation. La seconde patte chuta et le loup se retrouva acculé. Il se mit dans un coin et avait l'air plus qu'effrayé quand il vit les quatre amis s'approcher de lui.

— On arrête de jouer les monstres, Mlle Johnson ? interrogea Yolan.

Yolan retira ce qui semblait être une capuche et Koda chercha l'interrupteur puis alluma. Rob et Jazz se regardèrent, étonnés, et furent d'autant plus surpris quand ils virent la tête d'une femme sortir du déguisement.

— Une donzelle ! s'exclama le brun qui ne s'attendait pas à une telle chute.
— Je peux tout vous expliquer, mais ne me faites pas de mal, je vous en prie ! fit la jeune femme.

✣✣✣

Les quatre amis s'étaient confortablement installés autour de la jeune fille et attendirent son histoire. Elle avait retiré son déguisement et ses échasses, qui lui permettaient de faire un bon mètre de plus que la normale. Jazz s'était calmé mais semblait toujours aussi abasourdi par ce qu'il avait vécu cette nuit-là.

— Michael et moi avons voulu jouer une farce à mon père… commença-t-elle.

— Vous voulez dire que votre fiancé n'est pas un sorcier ! fit l'orangé qui venait tout juste de comprendre.

Elle le regarda avec curiosité puis reprit son récit.

— Cela faisait six mois que nous avions imaginé ce plan. Mon père a toujours haï la famille de Michael, alors nous avons cherché un moyen de rester ensemble même si mon père refusait de donner sa bénédiction. Il nous est venu à l'esprit d'inventer un maléfice, si j'étais transformée en une créature, mon père nous laisserait tranquilles, même s'il devait détester encore plus mon fiancé…

— Mais pourquoi ne pas avoir simplement fui ? demanda Koda.

— Il nous aurait retrouvés par tous les moyens et m'aurait ramenée de force à la maison ! En revenant une fois par mois lors de la pleine lune, je pouvais lui montrer que le maléfice était réel et il n'aurait pas cherché d'autres explications… mais je ne m'étais pas imaginé qu'il demanderait de l'aide à des mercenaires ! D'ailleurs, comment avez-vous su pour les fourches ?

— J'ai profité du temps libre pour faire un tour de l'extérieur de la maison, et le râtelier m'avait tapé dans l'œil. J'ai trouvé ça louche que deux fourches aient disparu dans la nuit, alors que les propriétaires dormaient. Puis, les griffures sur le bras de votre père allaient par trois, j'ai vite fait l'analogie avec ces outils. Si un loup-garou existait, il n'aurait pas utilisé d'objets contondants, expliqua Yolan.

— T'es si intelligent Yolan ! s'écria Jazz, impressionné par ses capacités d'observation.

— Dans le noir, j'ai pris conscience de la forme de la fourche, continua Koda. J'ai travaillé avec ces objets depuis ma naissance, difficile pour moi de ne pas les reconnaître, même les yeux fermés ! Puis, on avait émis l'hypothèse d'une divergence entre vos familles, alors c'était plutôt simple à saisir, même si Yolan a été plus rapide sur ce coup !

Jazz et Rob se regardèrent, l'air perdu.

— Je vous dois des excuses, fit Mlle Johnson en voyant la blessure au bras de la jeune adolescente. Je me suis juré de ne faire de mal à personne, mais avec mon père c'était totalement involontaire, il avait buté contre un objet dans le noir et était tombé de lui-même sur les fourches…

— Ce n'est pas vraiment ce qu'il nous a raconté, remarqua celui aux cheveux de feu, se rappelant le discours héroïque du combat entre le vieil homme et la bête.

— Mais avec vous, reprit la jeune fille, j'étais morte de frousse ! Je pensais tomber à nouveau sur mon père, lequel je n'aurais pas eu trop de peine à faire fuir, mais tomber sur quatre mercenaires, professionnels qui plus est, m'a fait perdre espoir. Je voulais vous repousser un minimum, quitte à tout vous avouer si je voyais que la situation dégénère, mais sans vous faire de mal… je vous demande pardon.

Koda mit ses mains en avant pour lui dire que ça n'était que superficiel et que c'était à elle de faire plus attention. Yolan quant à elle fixa intensément les plaies de la jeune fille et souffla un coup.

— Et maintenant, qu'allez-vous faire ? demanda la jeune cheffe.

— Vous voulez dire… à propos de mon père ? J'imagine que ça doit être en lien avec votre mission ?

— Le mieux serait que vous rentriez chez votre père et fin de l'histoire. Votre père sera heureux, vous serez heureuse avec un autre homme que ce Michael et nous on repartira comme si de rien n'était, proposa Rob qui ne comprenait rien aux sentiments de la jeune femme.

— On ne peut pas décider à sa place, rétorqua Yolan, sévère.

— Je ne veux pas retourner chez mon père ! Dites-lui que le sortilège a été rompu mais à la seule condition que je m'éloigne de la maison !

— Ça ne l'empêchera pas de venir vous rendre visite, fit remarquer celle aux cheveux violets.
— Je pense que vous devriez lui annoncer ça par vous-même, Mlle Johnson.

Tous les regards se retournèrent vers la jeune aux cheveux bleus, surpris de sa proposition.

— Je veux dire, si vous voyiez votre père vous comprendriez le sang d'encre qu'il s'est fait pour vous, reprit Koda, prise de nostalgie en pensant à sa propre mère. Il vous a confrontée dans cette cave, et a même demandé à des spécialistes de lui ramener sa chère fille… même en vous sachant monstre il n'a jamais cessé de penser à vous !

Le regard de la jeune femme sembla chagriné.

— Je suis sûre qu'il sera apte à vous écouter après toute cette angoisse et à vous laisser poser vos conditions par rapport à votre futur époux, conclut l'adolescente. Vous vous sentirez bien mieux en lui avouant ce que vous avez sur le cœur que vivre une vie pleine de secrets, et peut-être même de regrets…

Les trois amis acquiescèrent vivement, puis laissèrent la fille du commanditaire à ses propres réflexions.

Rob et Jazz furent épuisés et se dirigèrent vers leurs chambres respectives, également accompagnés de Koda qui bâillait fortement. Une main se posa sur son épaule, et quand elle se retourna elle vit Yolan, un pansement dans la main.

Elle s'assit sur une chaise non loin de celle où était installée la fille du commanditaire, perdue dans un débat intérieur. Koda la fixa intensément, puis ressentit de la peine pour M. Johnson, à qui fut caché toute cette mise en scène.

— Donne-moi ton bras, fit celle aux cheveux pourpres, autoritaire.

L'adolescente ressentit une vive douleur quand Yolan lui appliqua l'alcool pour désinfecter sa lésion.

— Aïe !
— Chochotte, taquina la jeune femme.

Koda se mit à bouder puis la cheffe lui enroula un bandage autour de son bras et approcha ses dents de celui-ci pour le couper. L'adolescente sentit son cœur battre fort suite à ce contact approché de la jeune femme. Elles n'avaient plus eu ce genre d'interactions entre elles ce qui manquait à la plus jeune.

— Et voilà le travail ! Je devrais me reconvertir en infirmière. Enfin, infirmier je veux dire, se corrigea-t-elle quand elle sentit le regard insistant de Mlle Johnson sur son dos.

Koda rit délicatement suite à l'erreur de son amie.

— Tu devrais aller te coucher maintenant, fit Yolan à son intention. Tu as bien travaillé pour ta première quête.
— Au final, j'aimerais plutôt attendre la décision de sa fille. Je pourrais avoir le sentiment de l'avoir pleinement accomplie,

mentit Koda qui trouvait un prétexte pour rester plus longtemps avec Yolan.

Cette dernière hocha la tête, laissant la jeune fille libre de ses actions.

— Est-ce qu'il y a beaucoup d'étoiles ici la nuit ? demanda l'adolescente à l'ancienne résidente.
— Euh, oui, on peut même y voir quelques constellations ! répondit-elle un peu surprise, qui avait dû s'interrompre dans ses cent pas.
— Viens Yolan, allons les observer ! s'exclama celle aux cheveux azurs qui ne laissa pas le choix à sa cheffe, la tirant par le bras.
— Tu devrais faire attention à ton bras, ce n'est pas comme ça que se comportent la plupart des gens blessés, tu sais, dit-elle quand elles furent enfin à l'extérieur.

Les deux jeunes femmes s'assirent sur l'herbe et regardèrent la nuit étoilée.

— Le ciel étoilé me rappellera toujours celui de la maison, fit la petite fille, mélancolique.
— À peine cinq jours et déjà le mal du pays ? se moqua gentiment la plus âgée.
— C'est la première fois que je pars aussi longtemps loin de ma famille ! Je devrais écrire une lettre à ma mère, pour voir comment elle va…
— Et risquer que ton père ne la lise ? Tu ferais mieux d'attendre, je pense.

Koda soupira, étant du même avis que son amie.

— Quelle soirée, rigola Koda. C'est fou ce qu'on ne ferait pas pour sa moitié…

— La plupart des gens sont prêts à donner leur vie pour celles-ci, ça ne m'étonne pas tant que ça. Même si je dois avouer que cette méthode était plutôt originale.

L'adolescente baissa les yeux, puis contempla son bandage.

— J'ai eu l'impression d'avoir fait n'importe quoi, avoua Koda, un peu gênée.

— Comment ça ?

— Devant la créature, je ne savais pas quoi faire ! Il me suffit d'empoigner ma lame pour me sentir puissante mais là… ce n'était pas un arbre ou une roche, c'était un être pourvu de conscience ! J'ai eu comme un gros blocage…

Yolan comprit ce qu'elle voulait dire puis lui mit sa main sur son épaule pour la réconforter.

— C'est normal, c'était ton premier cas pratique, le plus dur est de s'adapter en fonction de la situation, mais ça reste le meilleur entraînement possible. Au fur et à mesure des missions, tu rencontreras toujours soit plus fort ou du même niveau que toi, soit plus faible.

— C'est pour ça que tu n'as rien fait quand tu as vu la bête ?

— J'ai pris un moment pour réfléchir, puis j'ai vu que vous gériez à peu près la situation. Je ne voulais pas que ça vire au carnage si j'y avais pris part, confirma la jeune femme.

— Je n'ai toujours pas eu l'occasion de te voir à l'œuvre, constata Koda.

— Ah ah, il vaut mieux pour toi, je pense. Ce serait ma dernière volonté que de te voir effrayée par ma faute, fit Yolan.

— Jamais je ne pourrais me sentir comme ça à tes côtés, tu le sais bien, non ?

La cadette posa sa main sur celle de la jeune cheffe, qui eut de faibles rougeurs. Elles restèrent ainsi de longues minutes, quand elles entendirent la porte de la cave s'ouvrir, dévoilant la silhouette de Mlle Johnson. Elles retirèrent leurs mains l'une de l'autre, prises de panique.

— J'ai pris ma décision.

✣✣✣

Le lendemain matin, Koda se réveilla quand elle sentit les premiers rayons du soleil lui caresser le visage. Elle ouvrit les yeux puis se rendit compte qu'elle faisait face à Yolan. Elle rougit ardemment et tomba du lit. Elle avait oublié qu'en allant se coucher, la chambre où elle devait dormir avec Jazz était fermée à clef, et pour ne pas réveiller le garçon à une heure si tardive, la jeune femme lui proposa de dormir avec elle si cela ne la dérangeait pas. Mais même si cela avait pu la déranger, Koda n'avait pas vraiment d'autres choix.

Sa chute réveilla Yolan qui se précipita pour observer quelle était l'origine de ce bruit. Elle rit franchement quand elle vit la jeune fille, le visage rouge et les fesses posées au sol.

— Tu préfères dormir par terre ? demanda la jeune cheffe qui prit un air hautain.

— J'avais oublié ce que je faisais là…

— Je peux te garantir que j'ai vite regretté ma proposition quand je t'ai entendu ronfler.

Koda crut mourir de honte. Elle ne voulait pas laisser cette impression-là dès la première nuit !

— Mais non, j'te taquine, je dormais trop profondément pour remarquer ça, espèce de chanceuse.

L'adolescente émit un soupir de soulagement et se releva. Elle voulut prendre une douche car elle avait dormi dans son jogging et son pull de la veille, et ne se sentait alors pas très fraîche. Cependant, elle ne pouvait toujours pas aller prendre ses affaires qui étaient restées dans la chambre de Jazz. Elle regarda Yolan, d'un air suppliant.

— Tu cherches des vêtements ? Je peux te prêter les miens, ils sont toujours trop larges pour moi, ça devrait t'aller.

Koda acquiesça et vit la jeune fille se lever du lit. Elle put détailler sa fine silhouette de la tête aux pieds. Yolan n'avait dormi qu'avec un t-shirt ample, ses jambes étant alors à découvert, au plus grand plaisir de Koda, qui la regardait s'accroupir au pied de son sac.

— Arrête de me reluquer, je peux sentir ton regard me brûler les mollets, déclara celle aux cheveux pourpres qui continuait de fouiller dans son bagage.

L'adolescente détourna alors les yeux, son teint piquant à nouveau un fard.

— J'ai ce vieux legging que j'ai pris en tant que pyjama mais que je n'ai pas encore mis si jamais tu le veux, dit-elle en le lui jetant quand Koda accepta son offre.

Celle aux cheveux océan la remercia et s'avança avec hésitation vers la porte.

— Non je ne viendrais pas me doucher avec toi, annonça Yolan avec un sourire, comme si elle avait lu dans les pensées de la plus jeune.

Cette dernière crut se décomposer quand elle s'imagina toutes sortes de scènes torrides.

— Pff, qu'est-ce que tu t'imagines encore, fit Koda en ne se retournant pas pour éviter de montrer ses rougeurs.

Elle referma la porte derrière elle puis revint quinze minutes plus tard, fraîchement habillée. Une fois que tous leurs camarades furent réveillés et douchés, ils se rendirent à la salle à manger puis après avoir fini le petit-déjeuner, ils expliquèrent la situation au vieil homme, qui fut rassuré de les savoir toujours en vie.

— Alors, comme ça, elle ne se transformera plus si elle quitte la maison, n'est-ce pas ?

Koda fut chagrinée. Sa proposition émouvante n'avait pas eu grand effet sur la fille de M. Johnson, qui avait alors préféré continuer le mensonge à propos du sortilège. Ils étaient allés déjà trop loin pour pouvoir tout arrêter maintenant. Tel fut son argument principal.

— C'est exact, elle pourra toujours recevoir de vos nouvelles mais avec modération. Rien qui concerne la maison ne pourra l'approcher sans qu'elle risque à nouveau de se transformer, mentit Yolan qui respectait la volonté de la demoiselle.

— Ma pauvre fille… soupira le commanditaire. Je vais vous donner votre récompense, comme promis. Cependant, je baisse un peu votre prime car je n'ai pas pu la revoir comme avant, j'espère que vous comprendrez.

Rob poussa un juron et les quatre compagnons reçurent cent couronnes chacun.

Ils prirent congé et sortirent du manoir, cette étrange aventure finalement derrière eux. Koda soupira longuement, déçue de la tournure de l'enquête. Elle aurait voulu que cela se passe autrement, rien que pour revoir un sourire sur le visage ridé du père.

— Tu as fait un très bon travail, Koda. N'en doute pas. Ton discours était très convaincant, c'était stupéfiant. Ne dis plus que tu fais n'importe quoi, tu as fait de ton mieux c'est tout ce qui compte lors des quêtes de ce genre, la consola Yolan.

— Peut-être, mais on n'a pas été payés le montant promis, souffla la jeune fille.

— Et bien, si elle t'avait écoutée, rien ne garantit qu'il aurait payé plus, renchérit Rob. Je les connais les vieux comme lui, ils offrent une récompense alléchante puis trouvent n'importe quelle manière pour vous la mettre à l'envers.

Yolan et Koda se regardèrent puis haussèrent les épaules.

— Je suis juste déçu qu'on puisse pas profiter un peu plus de la plage, se plaignit Jazz qui fut bientôt rejoint par Koda.
— Ni des chambres et du confort d'une maison luxueuse… soupira-t-elle.

Elle s'arrêta un bref instant après avoir remarqué qu'elle ne connaissait pas la suite de leurs projets.

— Et maintenant ? Qu'est-ce qui est prévu au programme ? Où est l'aventure d'un mois ?
— Et bien, on a fini ce qu'on avait à faire ma cocotte, direction maison, répondit le brun.

Koda fronça les sourcils.

— J'avais dit un mois pour te dissuader de venir avec nous, mais ça ne t'en a pas empêché, reprit l'aînée.
— Quoi ! Mais je veux vraiment vivre de nouvelles aventures avec vous, s'écria-t-elle. Tu avais dit que c'était grâce à la pratique qu'on devenait plus fort… je m'attendais à revivre ce genre de sensations, c'était fantastique !

Yolan soupira longuement.

— Puis faire quatre jours aller, et quatre jours retour pour un seul jour de travail, c'est quand même cher payé, reprit-elle les bras croisés, soutenue par l'orangé.
— OK, OK, j'ai compris. De toute manière, il nous manque encore 50 couronnes pour ton inscription Koda. On peut bien vérifier que personne n'a besoin d'aide aux alentours.

Jazz et Koda se tapèrent dans les mains, heureux de poursuivre d'autres péripéties ensemble.

— J'espère bien que t'es contente… mascotte, se moqua tendrement Yolan, qui commença à courir quand elle vit la plus jeune s'énerver derrière elle, le poing fermé.

C'est ainsi que le petit groupe de mercenaires continua son périple, à la recherche de nouvelles aventures.

Chapitre 12
Margot (1)

Koda sentit son dos faiblir sous la chaleur qui sévissait sur la petite ville de Little Tail. Elle avait l'impression que son bagage pesait une tonne, dû à toutes les affaires qu'elle avait prises pour le mois à venir. Ils avaient passé toute la matinée à chercher une nouvelle quête, à la recherche d'argent. Pour le déjeuner, ils s'installèrent dans un champ à l'arrière de la ville. M. Johnson leur avait donné un panier-repas pour qu'ils aient de quoi s'alimenter jusqu'à trouver un nouveau lieu d'hébergement. La jeune adolescente qui ne voulait pas suer dans les vêtements de son amie alla chercher un buisson assez large pour qu'elle puisse mettre ses propres habits.

— On fait de l'exhibitionnisme ? demanda Rob en criant pour se faire entendre.

Cette question lui valut une tape dans la tête de la part de Yolan.

Koda mit une chemise légère orange avec un pantalon fin noir puis noua ses cheveux en un chignon. Elle rejoignit ses amis qui étaient déjà en train de manger, et quand le brun la vit, il ne put s'empêcher de rire nerveusement.

— Le pull de Yolan ne comblait pas assez tes attentes ?

Cette dernière s'étouffa quand elle entendit son prénom, à la joie de Rob qui prenait plaisir devant ce malaise.

— Rien à voir j'avais juste chaud avec, et Yolan m'a prêté ses affaires seulement parce que Jazz avait fermé la porte de la chambre à clef ! s'emporta la plus jeune.
— Mais c'est Rob qui m'a demandé de la fermer à clef, il m'a dit que le loup-garou existait réellement et qu'il aimait les petits enfants... sanglota ce dernier.

Le brun se jeta sur le petit pour l'empêcher de parler, tandis que la cheffe préparait ses poings. Celle-ci avait compris que c'était un plan pour que Koda dorme avec elle.

— C'est un bon jour pour mourir, il me semble... dit-elle en se délectant de la peur de Rob, qui se décomposait.

Un cri se fit entendre dans le champ, et de nombreux oiseaux s'envolèrent, fuyant le hurlement qui les avait effrayés.

Une fois que les quatre compagnons finirent leur déjeuner et que Rob reprit ses esprits, ils repartirent errer dans les rues à la recherche d'une requête quelconque. Inconsciemment, Jazz s'était éloigné avec le brun, tandis que Yolan avait suivi Koda, de peur que celle-ci ne se perde. Elle remarqua que l'adolescente s'arrêtait de nombreuses fois pour reprendre son souffle, à cause de son sac qui était bien trop lourd pour elle. La violette eut un rire moqueur qui n'échappa pas à la plus jeune qui lui jeta un regard perçant, bien qu'essoufflée.

— Tu te moques de moi ?

— Mais non pas du tout, j'admirais seulement l'immensité de ton sac à dos, pouffa Yolan.

— Rira bien qui rira le dernier, fit Koda un peu vexée. J'aurais pris un sac plus léger si tu m'avais dit qu'on ne partait que pour quelques jours…

— Je sais, je sais. On peut échanger nos bagages alors, c'est la moindre des choses que je puisse faire pour me faire pardonner.

Koda continua de faire la moue. Elle avait bien d'autres idées en tête afin de la pardonner, mais elle n'en fit pas part à la jeune femme, sachant cela un peu osé. Elles échangèrent leurs objets puis continuèrent leur route dans la joie et la bonne humeur, jusqu'à un croisement, qui faillit séparer les deux amies.

— Heureusement que tu n'es pas partie seule avec Jazz, vous vous serez vite égarés, fit la jeune cheffe.

— Tu dis ça, mais c'est toi qui allais dans le mauvais sens. Regarde !

Yolan tourna la tête et remarqua un marchand itinérant. Elle ne comprit pas ce qui semblait si important.

— On n'a pas d'argent pour acheter quoique ce soit, tu le sais… commença Yolan.

— Non, tu n'y es pas, soupira Koda qui lui plaça son doigt sur ses lèvres. Les marchands itinérants voyagent partout ! Il saura mieux que personne si quelqu'un a besoin de nous !

La cheffe écarquilla les yeux, surprise de la merveilleuse idée que venait d'avoir son amie. Elles tournèrent alors à gauche, et rejoignirent en quelques pas le jeune marchand.

— Yo, monsieur le marchand ! s'écria un peu trop amicalement la jeune fille.

Celui-ci la remarqua et commença à suer, puis à trembler de tout son corps.

— Ben, vous êtes malade ? demanda-t-elle.
— Non, partez s'il vous plaît, j'ai peur des enfants ! cria-t-il en se cachant les yeux, comme si quelqu'un l'agressait, ce qui alerta quelques habitants qui se retournèrent sur leur passage.

Par instinct protecteur, Yolan écarta la jeune fille du jeune homme et se mit devant elle pour la dissimuler derrière son dos.

— C'est bon, elle est cachée, poursuivit la cheffe. C'est une drôle de peur, dites-moi. Surtout dans une ville si peuplée.

Ce dernier ouvrit les yeux et fut rassuré de voir un autre jeune homme face à lui.

— Oh, vous savez, les enfants ne sont pas tous des anges, soupira-t-il. Que puis-je faire pour vous, mon ami ?

— Eh bien, nous voudrions savoir si vous aviez des informations à propos d'une personne en besoin d'aide.
— Alors ça... Hmm... Oui, je pense, mais mes souvenirs reviendront sans aucun doute avec un peu d'aide, reprit-il.

C'était pour cette raison que Yolan détestait les marchands. Ils arrivaient à négocier même le plus simple des services requis. Cette dernière allait faire demi-tour quand elle sentit dans sa main une pièce de monnaie. Koda lui avait glissé une pièce de deux couronnes, lui provenant de ses économies. La jeune cheffe soupira et la donna au jeune marchand.

— Hmm... Oui, je me souviens maintenant ! Une bonne femme criait à l'aide à Little Beast. Apparemment elle semblait chercher sa fille qui était introuvable alors que ça ne lui arrivait jamais de se perdre. J'aurais bien voulu l'aider, vous savez, mais je devais vite continuer ma route, mon travail n'attend pas.

Ou alors elle n'avait pas assez d'argent, pensa Yolan. Elle remercia le marchand qui essayait de lui vendre d'autres de ses marchandises puis Koda se dévoila ce qui suffit au jeune homme d'arrêter de les harceler.

— Cap à Little Beast ! cria Koda. Mais, par où c'est ?
— Plus au Sud d'ici, sur la route principale. Mais je ne pense pas que la disparition d'une enfant soit ce qu'on recherche... Elle ne doit pas avoir beaucoup à proposer, et la route est encore longue.

La jeune fille s'arrêta, irritée.

— Tu te rends compte de ce que tu dis ? Chaque personne devrait mériter de pouvoir être aidée, même pour un simple chat coincé dans les arbres, et ce, n'importe le prix offert ! En suivant ta logique, seuls les plus riches pourront être aidés tandis que les pauvres pourront aller voir ailleurs ? Comment les choses sont censées changer si on ne traite personne avec équité !

— Je comprends très bien Koda, mais nous non plus n'avons pas les moyens de payer tout ce qui nous chante ! Pour nos missions, on a besoin d'être en pleine et due forme, et ceci ne peut être possible que grâce à une bonne nuit de sommeil, une bonne alimentation et un équipement en bon état ! On s'autorise déjà à prendre de modestes prix, même en dormant à même le sol, perdus en pleine savane, sous-alimentés et avec un équipement datant d'une époque si ancienne qu'on ne pourrait en déterminer la date.

La jeune fille baissa la tête, comprenant que la vie n'était pas non plus aisée chez les mercenaires.

— Je vois, fit l'adolescente. Mais… Il s'agit d'une enfant… S'il lui arrivait malheur, on aurait sa mort sur la conscience. J'ose même pas imaginer sa mère qui doit lutter contre l'angoisse, d'autant plus si elle n'a pas les moyens de pouvoir récompenser qui que ce soit. Et devoir vivre avec cette angoisse en connaissance de cause… Ça relèverait du miracle que des personnes décident de l'aider. Tu ne veux pas être le miracle de quelqu'un ?

Yolan fit une pause puis soupira longuement.

— Si ça te chante. Mais la prochaine fois, Koda, ne te montre pas aussi gentille envers tout le monde. On se retrouve très facilement déçu, sans qu'on s'y attende.

Koda ne put écouter son amie, tant elle criait de joie, sous le regard bienveillant de la cheffe.

— Bon, allons retrouver les autres et leur annoncer la nouvelle, fit celle au regard profondément gris.
— Où peut-on les trouver ?
— Je crois que j'ai ma petite idée…

✣✣✣

Elles arrivèrent devant la confiserie de la ville, et aperçurent instantanément Jazz, qui léchait la vitrine du magasin de bonbons. Elles ne purent s'empêcher de rire à la vue de ce dernier.

— Tu fais du lèche-vitrine ? demanda Koda en jouant sur les mots, ce qui fit rire Yolan une nouvelle fois.

Jazz sursauta puis laissa un sourire apparaître sur son visage quand il vit ses deux amies.

— Rob s'est perdu alors j'en ai profité pour aller voir cette confiserie. Regardez comme toutes ces couleurs sont belles !

À travers la vitrine, on pouvait voir de nombreuses sucreries, organisées en fonction de leur couleur. Cela donnait l'impression qu'un arc-en-ciel venait illuminer la pièce.

— Rob ? Perdu ? rigola la cheffe. Je pense plutôt que c'est lui qui t'a perdu de vue, pas l'inverse. Allons le retrouver.

Ils se mirent en route et quand ils passèrent devant la taverne de la veille, la cheffe leur ordonna de l'attendre dehors. Elle rentra alors et remarqua Rob, avec une jolie blonde sur ses genoux. Elle n'eut besoin de rien dire pour se faire remarquer, ce dernier sentant l'atmosphère bien plus lourde.

— Hey, Yolan ! Tu veux dire bonjour à ma nouvelle amie ?
— Salut ! salua la présumée amie, aguicheuse.
— Sans façon, on a eu du nouveau alors ne perdons pas de temps.

Sur cette phrase, le brun se leva aussitôt et suivit son chef, puis ils sortirent de la salle sans même jeter un regard à la blonde.

Une fois tous réunis, Yolan ne donna que la direction de la mission sans en donner plus de détails. Celle-ci savait très bien que Rob n'accepterait pas une mission de ce genre. Jazz sanglota quand il apprit que la marche était longue et le brun ne put s'empêcher de demander quelle était leur nouvelle mission.

— Pour une marche aussi longue, la mission devrait être intéressante, constata-t-il.
— Évidemment qu'elle l'est ! On va sauver une fille qui s'est perdue, répondit Koda.

Rob s'arrêta et observa son chef d'un air mauvais.

— C’est quoi ce délire ? On accepte les contrats à deux balles maintenant ?

La jeune fille le méprisa du regard.

— De toute manière, on a parcouru la ville entière et on n’a pas eu la moindre indication, une occasion s’est présentée donc il valait mieux la prendre. Dans le meilleur des cas, on pourra peut-être trouver ce qu’on recherche à Little Beast, se défendit celle aux cheveux violets.

— Je veux pas marcher… continua l’orangé dont les pieds devenaient douloureux.
— Peut-être que si tu n’étais pas occupé avec ta nouvelle amie, tu aurais pu trouver mieux, reprit-elle énervée en ignorant la remarque du plus jeune.

Rob ne répondit rien mais Yolan sentait le regard haineux de son coéquipier lui brûler le dos. Les quatre compagnons firent la route, dans une ambiance glaciale.

Après deux longues heures de marche, ils arrivèrent enfin à Little Beast.

— Et maintenant ? Où peut-elle être ?
— Vérifions au centre-ville, c’est là qu’il y a le plus de monde, répondit la jeune femme.

Ils suivirent les panneaux qui indiquaient le centre et quelques minutes après s’être mis en route, ils entendirent un sanglot cristallin. Ils n'y firent pas attention mais se retournèrent quand ils l'entendirent ensuite pleurer sa fille.

— Ma pauvre fille…

— Vous avez besoin d'aide, madame ? demanda poliment Yolan qui lui tendit sa main pour l'aider à se relever.

— Je donnerai tout ce que j'ai à ceux qui retrouveront ma fille… je ne sais pas où elle est ! Je suis si inquiète…

— Vous pouvez compter sur nous ! la rassura joyeusement Koda.

— Vraiment ? questionna la dame qui n'y croyait pas. C'est un miracle… ! Mes prières ont été entendues…

Koda donna un coup de coude à Yolan qui signifiait « je te l'avais bien dit » puis demandèrent tous les renseignements utiles à la mère aimante.

— Quand je descends en ville pour travailler, Margot m'attend toujours en jouant dans le pic de l'ours, qui se trouve à dix minutes de notre chalet. J'y retourne tous les jours au déjeuner pour lui préparer un bon plat, mais aujourd'hui elle n'a pas répondu à l'appel… alors que ça ne lui est jamais arrivé ! Elle rentre toujours à temps pour manger… j'ai si peur qu'il lui soit arrivé quelque chose de grave, sauvez-la, je vous en prie ! Vous sauverez mon âme par la même occasion… supplia-t-elle en empoignant fermement la main de l'adolescente.

— Ne vous en faites pas madame, on fera tout notre possible pour vous la ramener saine et sauve ! s'exclama la cadette.

Jazz hocha la tête et fut suivi des deux autres compagnons.

— Je ne pourrais pas vous accompagner, je dois reprendre mon travail. Mais ce n'est pas compliqué, suivez les panneaux qui mènent au pic de l'ours, puis avant de vous retrouver au pied de la montagne, prenez le sentier à droite. Notre chalet se trouve là-bas et les clefs se trouvent dans le pot à fleurs de la fenêtre si vous avez besoin d'y entrer.

— Et comment pourrons-nous la reconnaître ? demanda le brun.

— Elle n'a que neuf ans, vous la reconnaîtrez facilement !

Si jeune, pensa Koda. Les amis se mirent en chemin sans plus tarder, en direction du pic de l'ours. Ils prirent toutes les indications de la femme, puis arrivèrent devant le chalet plus vite qu'ils ne le pensaient.

— On va pas perdre notre temps ici, hein ? fit Rob. Autant passer directement à l'action, elle est peut-être au bord de la mort.

— Il a raison, on devrait y aller directement, c'est plus important ! confirma la plus jeune.

— Pas mal d'indices ont dû rester ici si elle a été enlevée… on devrait apprendre un maximum de choses rien qu'en observant les alentours.

— Sinon, on fait deux groupes ? proposa Jazz. Je veux bien faire une pause dans la marche, puis l'escalade c'est pas vraiment mon truc…

Les quatre membres acquiescèrent même si Koda se voyait mal partir seule, accompagnée du brun. Mais la sécurité de l'enfant était plus importante et passait avant tout.

Les deux se retournèrent et observèrent l'immense montagne qui s'élevait face à eux. Elle avait l'air de se moquer de leur petitesse.
— On va vraiment devoir escalader tout ça ?
— Beh quoi, t'en es pas capable petite joueuse ?

Koda gonfla les joues.

— Le dernier arrivé au sommet est une poule mouillée !

Rob sourit d'un air malsain et bondit sur la pierre, prêt à remporter le défi.

Plusieurs fois, Koda pensa perdre prise mais son instinct de survie puisait dans toutes les ressources de son organisme pour ne pas la faire chuter. Les rares fois où elle regardait vers le haut, elle voyait le brun avec au moins dix mètres d'avance sur elle. Elle regretta aussitôt d'avoir donné ce défi.

De leur côté, Jazz et Yolan faisaient tout le tour de la cabane, à la recherche de traces de pas.

— Je trouve rien de mon côté Yolan… même pas un bout de tissu déchiré !
— Viens voir ici, fit la jeune cheffe.

Le garçon obéit et accourut vers celle-ci. Quand il vit ce qu'elle tenait dans la main, accroupie au-dessus du tapis d'entrée, il frémit.

— Un poil ! Tu crois qu'il y a vraiment des ours au pic de l'ours ?

— Eh bien, ça devrait être évidemment lié. Mais laisse-moi vérifier à l'intérieur, je pense qu'on aura notre réponse.

Pendant ce temps, les deux cascadeurs venaient de franchir un premier sommet. Koda était essoufflée et apeurée par ce qu'elle venait de vivre. Juste avant d'atteindre l'arrivée, sa main avait glissé, à bout de forces. Elle avait réussi par chance à empoigner son épée et à utiliser son champ pour la planter avec force dans la pierre afin d'interrompre sa chute. Ce fut au tour de Rob de lui venir en aide en lui offrant une main pour la ramener sur la terre ferme.

Elle s'étala le dos sur le sol pour reprendre ses esprits. Elle fut certaine d'avoir frôlé la crise cardiaque lors de leur remontée.

— Alors, on n'est pas assez musclée ? se moqua le brun qui s'était mis torse nu, évacuant la chaleur de cet exercice intense.
— La ferme, dit-elle tout simplement. On a tous les deux besoin d'une pause, ne me fais pas croire le contraire.

Elle sentit enfin la brise glaciale du sommet de la montagne et voulut mettre un pull, mais constata qu'ils avaient laissé leurs sacs en bas.

— On ferait mieux de se dépêcher de retrouver la fillette si on veut retourner au chaud, déclara Rob comme s'il venait de lire dans les pensées de la jeune fille.

Koda ne put qu'obtempérer et ils prirent le sentier principal qui était un chemin très emprunté par les bergers. Ils en croisèrent un qui courait en sens inverse, l'air paniqué.

— Que faites-vous là les jeunots ! Fuyez, c'est la saison des ours ! La petite Margot est tombée entre leurs pattes, je l'ai entendue crier à l'aide la pauvre fille… alors, sauvez votre peau vous aussi, il y aura trop de morts à pleurer après…

— Margot ? s'écrièrent les deux amis en se regardant, puis coururent là où le berger leur avait déconseillé d'aller.

— Ah les jeunes de nos jours, ils n'en font qu'à leur tête pour… Comment ils appellent ça, déjà ? Les sensations fortes ! cria le vieil homme qui se parlait à lui-même.

Le brun et la bleue arrivèrent au sommet du pic qui donnait sur une petite vallée. La vue était à couper le souffle. De là, ils voyaient l'horizon, et toutes les villes surplombées par la montagne. Une petite mare était également présente, un peu plus loin dans la vallée. Le soleil qui ne tardait pas à se coucher laissait apparaître de chaudes couleurs rose orangé qui plongeaient la jeune fille en plein rêve. Mais elle ne pouvait pas perdre de temps. Leurs regards se dirigèrent au pied de la pente, et ce qu'ils virent les laissa effarés.

Jazz et Yolan étaient quant à eux entrés dans la petite maison. Ils comprirent vite ce qu'il se passait quand ils remarquèrent d'autres poils à l'intérieur, et surtout des paquets de croquettes.

— Il s'agit… d'un chat ! s'écrièrent les quatre compagnons, chacun de leur côté.

Chapitre 13
Margot (2)

— C'est la cerise sur le gâteau, là… siffla le brun.

Koda eut également du mal à s'en remettre. Qui pouvait avoir deviné que Margot était un prénom de chat ? Elle fut un peu plus soulagée de savoir qu'aucune vie humaine n'était mise en péril. Cependant, il leur fallait bien sauver le pauvre animal, qui était acculé devant un ours monumental. Derrière cet ours, ils virent deux oursons et comprirent que le plus gros qui devait être la mère voulait seulement les protéger du félin, qui feulait de peur.

— Passons à l'attaque, les mamans ourses sont les plus grognonnes, reprit-il.

Les deux amis descendirent la pente en se laissant glisser, mais de sa maladresse bien connue, Koda trébucha sur une racine et s'étala au sol de tout son corps. Sa chute n'avait pas échappé à l'ourse qui se ruait déjà vers eux en grognant.

— Ah bah bravo, c'est malin, ne put s'empêcher de commenter le brun.

Celui-ci sortit son épée et fut prêt à éventrer l'ourse qui se dressait de toute sa grandeur sur ses pattes.

— Non ! cria Koda, qui essayait tant bien que mal de se défaire des ronces qui la faisaient souffrir.

Elle coupa rapidement ces dernières et se jeta sur son coéquipier dont le coup fut dévié.

— Je rêve ou tu fais équipe avec l'ours ? Je sais que tu me détestes mais je ne pensais pas que tu souhaitais ma mort à ce point !

La jeune fille voulut lui faire savoir qu'un ours devait sûrement être un meilleur équipier que lui, mais ne dit rien.

— On ne peut pas la tuer, c'est horrible ! Qui s'occuperait de ses bébés après ? T'as pas de cœur !

Rob énervé poussa la jeune fille et plaça son arme entre lui et l'ourse, qui fonçait sur l'adolescente.

— Tu la défends mais elle a pas l'air d'être de ton côté. Trouve un moyen rapidement pendant que je la retiens !

La jeune fille chercha une idée, et fouilla ses poches pour voir ce qu'elle avait en sa possession. Elle sortit un mouchoir, ce qui lui donna une idée.

— Rob ! Tu fumes !

— Oui et alors ? Tu veux me faire savoir que je pourrais en mourir et que mourir face à un ours serait plus héroïque ?

— Non ! Je veux ton briquet !

— Il est dans ma poche arrière de mon pantalon, dit-il les mains occupées à faire reculer l'ourse de toute sa force. Fais vite s'il te plaît !

— J'espère que c'est pas une tactique pour que je te touche les fesses, bouda la jeune fille.

— Mais ça va pas ! J'y avais même pas pensé sale obsédée ! Dépêche-toi !

Koda s'exécuta et retint son souffle quand elle prit le briquet du brun, à un endroit légèrement compromettant.

Elle l'alluma, mais savait que le mouchoir s'éteindrait trop rapidement. Elle aperçut un bâton non loin des ronces où elle s'était pris les pieds.

Elle courut pour le récupérer, mais sa course excita l'ourse qui envoya l'épée du brun valser en l'air.

— Rob ! paniqua-t-elle.

En quelques secondes, la jeune fille avait attaché le mouchoir au morceau de bois grâce à l'élastique qui maintenait son chignon. Elle alluma le mouchoir et jeta le bâton enflammé en direction de l'ourse qui s'arrêta dans son mouvement, effrayée par les flammes qui jaillissaient tout autour du jeune homme.

L'ourse prit les jambes à son cou et s'enfuit avec ses petits, loin des deux compagnons.

— Donc tu es pyromane maintenant ? C'était ça ton illustre idée ? demanda Rob emprisonné par les flammes.

La jeune fille se gratta la tête, gênée que son idée n'ait marché qu'à moitié. Elle ne pensait pas mettre le feu aussi vite à toute l'herbe desséchée qui s'y trouvait, mais voulait simplement faire des gestes brusques avec la branche ardente pour éloigner l'ourse. Néanmoins, prise de panique en voyant son camarade dans le pétrin, elle n'avait pas réfléchi au risque d'incendie.

— Les flammes ne sont pas si grandes, traverse-les !
— Tu pouvais me le dire directement si tu voulais me tuer…
— Arrête ton charabia ! Si je voulais te tuer, je l'aurais déjà fait depuis longtemps !

Elle eut un rire sadique dans la tête, ce qui la terrifia.

— Euh, je veux dire… se reprit-elle quand elle remarqua l'air ahuri du brun. Il y a une mare pas loin d'ici, tu l'aurais vue si t'avais profité du panorama vu de là-haut. Il suffit de courir très vite et tu sauveras peut-être tes jambes.

Rob se pinça le nez, se demandant ce qu'il avait pu mériter pour faire équipe avec elle. Il prit son courage en main et traversa le mur de flammes. Ce fut si rapide que ses vêtements n'avaient pas eu le temps de prendre feu.

— Ouf… dirent-ils dans un soupir.

La jeune fille tomba sur ses fesses tandis que le jeune homme semblait épuisé.

— On a eu notre lot d'aventures vertigineuses là, non ? glissa l'adolescente, le cœur battant à cent à l'heure.

— Pas tout à fait, il nous reste à la récupérer, elle, fit constater le brun en pointant le jeune chat.

Koda soupira. Mais elle fut persuadée que ce n'était pas la tâche la plus dure de cette journée. Ils s'approchèrent doucement du chat pour ne pas l'effrayer plus qu'il ne l'était déjà.

— Ma petite chatte, minou, minou, fit Rob d'une voix fluette qui ne lui ressemblait pas.

L'adolescente ne pouvait que se moquer du comportement du brun. Margot, encore traumatisée par ce qu'elle venait de vivre, grimpa à toute vitesse à l'arbre qui se trouvait derrière son dos.

Rob poussa un juron et jeta un regard noir à la fille qui se moquait de lui.

— Viens-là que je te soulève, ordonna Rob à la plus jeune.

Cette dernière rougit et se mit en colère.

— Nan mais qu'est-ce qui va pas chez toi ! Pourquoi tu ne penses qu'à ça, même dans des situations farfelues !

Ce dernier se frappa le front, excédé par la jeune fille qui voyait le mal partout.

— Pour te faire la courte échelle ! À moins que tu ne veuilles me porter pour aller dans l'arbre et chercher la chatte !

— T'aurais pu dire ça dès le début, ça aurait eu le mérite d'être clair, fit-elle en croisant les bras.

Après ce quiproquo résolu, elle posa ses pieds sur ses mains et il la hissa vers le haut. Il lutta contre son envie incontrôlable de fixer son derrière mais il était obligé de lever les yeux pour diriger sa partenaire. Son manque de retenue le faisait terriblement trembler, ce qui déstabilisait la jeune fille.

— Contrôle-toi ! Plus à gauche… Non, l'autre gauche ! Et ne regarde pas mes fesses, cria-t-elle en lui marchant sur le visage.

— Mais ça va pas ! C'est quoi ton problème ? Je fais ce que je peux !

Elle fut maintenant à quelques centimètres de la petite Margot et fit un geste pour l'attraper par la peau du cou. Néanmoins, le chat toujours apeuré et agacé par les cris des deux individus griffa Koda qui perdit l'équilibre, surprise. Elle chuta, puis attendant que le sol heurte son dos, elle sentit des bras puissants la retenir. Elle ouvrit les yeux et vit Rob la porter telle une princesse. Ses mains s'étaient posées sur son torse, accidentellement.

— Vous devriez essayer avec ça… Euh, je dérange peut-être ? fit une voix qu'ils ne connaissaient que trop bien.

Les deux partenaires restèrent pantois devant leur cheffe. Koda chuchota à Rob de la lâcher, ce qu'il fit instantanément, sans la prévenir. Elle tomba, les fesses rencontrant brutalement le sol, et ne put retenir un gémissement de douleur.

— T’aurais pu me reposer avec délicatesse !
— C’est toi qui l’as voulu !
— Rob, soulève-moi, ordonna Yolan.
— Arrêtez avec ce sous-entendu à la fin ! s’énerva Koda.

Ses amis qui avaient déjà commencé à faire la courte échelle la regardèrent, levant les sourcils d’incompréhension. La jeune femme qui venait d’arriver avait pris avec elle quelques croquettes de la maison, pour appâter la bête.

— Allez, viens là, dit-elle en attrapant l’animal qui suivit son appétit.

En redescendant de l’arbre, Yolan donna le chat à Rob, qui avait un don pour apaiser ce dernier par de multiples caresses.

Ils rejoignirent de ce pas Jazz qui était resté devant le chalet avec la propriétaire du chat. Cette dernière fut si heureuse de retrouver son gros matou blanc aux quelques taches marron qu’elle pleura de joie.

— Merci infiniment ! Je ne sais pas ce que serait devenue ma Margot sans vous, les remercia-t-elle.
— Un festin pour les ours… murmura Rob avec lassitude.
— Ce fut un plaisir de la sauver, fit Koda avec frustration, repensant aux péripéties vécues en compagnie du brun.
— Tenez, c’est toute ma fortune. Vous le méritez largement, fit-elle en leur tendant trente couronnes.

Sa fortune était si modeste qu'ils se voyaient mal de l'accepter. Yolan regarda Koda, qui fixait la récompense avec compassion.

— Voyons, comment pourriez-vous continuer à nourrir votre princesse et à vous loger convenablement ? fit remarquer la jeune cheffe. Gardez votre monnaie, vous en avez plus besoin que nous.

L'adolescente eut un éclair de satisfaction dans les yeux. Elle fut heureuse du dénouement bien qu'ils aient eu du mal lors du sauvetage de l'animal.

— Vous êtes bien trop aimables… la moindre des choses serait de vous convier au festival du printemps. Il commence dès ce soir et se finit au petit matin. Vous devriez y faire un tour, il est très amusant !

Jazz et Koda eurent des étoiles dans les yeux et gambadèrent de bonheur.

— Est-ce que je peux me changer à l'intérieur ? J'aimerais sentir bon pour la fête !
— Mais bien sûr mon enfant ! Nous partirons dès que vous serez prête !

La jeune fille la remercia puis alla se changer. Elle mit un short à carreaux marron avec une veste assortie, par-dessus un pull fin beige. Elle voulut se tresser les cheveux mais n'avait plus d'élastiques à disposition.

Elle sortit fin prête sous le regard ébahi de ses amis, qui s'étaient eux aussi changés. Les garçons et Yolan avaient tous une chemise, à manches courte ou longue avec un pantalon sombre. Leurs regards se dirigèrent vers les jambes de la jeune fille qui se sentit extrêmement gênée. Elle détourna les yeux et vit de nombreuses marguerites avec lesquelles elle eut l'idée d'attacher sa tresse.

La dame du chat les guida vers le lieu du festival, qui se trouvait un peu plus dans les hauteurs et Rob ne pouvait détourner son regard des cheveux de Yolan, qui commençaient à flotter dans le vent.

— Tu te laisses pousser les cheveux ? Tu ressembles de plus en plus à une fillette, coquine, commenta le brun.

Yolan s'arrêta, l'air vague. Koda fut la seule à remarquer sa main trembler.

— Je comptais les couper, on peut le faire dès maintenant, n'est-ce pas Koda ?
— Euh oui, mais il commence à faire nuit, j'ai peur de couper de travers.
— Ce sera toujours mieux que maintenant, viens avec moi.
— Je voulais pas vous précipiter, fit le brun qui commençait à culpabiliser.
— Ne nous attendez pas, on vous rejoint dans une dizaine de minutes !

Les trois individus poursuivirent leur route et Yolan s'assit sur une pierre, en se prenant la tête dans les mains. Koda comprenait la détresse de la jeune femme et passa une main réconfortante sur son épaule. Elle crut entendre son amie renifler.

— Yo… yo… yo… ?

— Il va falloir que tu arrêtes avec les surnoms c'est plus possible là, réussit-elle à dire, un léger rire dans la voix.

— T'en fais pas, ça va bien se passer, ils ne vont rien remarquer. Il n'a même pas été assez malin pour s'en souvenir quand il était petit alors pour qu'il le remarque maintenant…

Yolan eut un petit rire.

— Ce n'est pas le problème… C'est juste pesant de devoir s'inquiéter de chaque fait et geste… ou de non-gestes ! Il suffit que mes cheveux soient un peu plus longs que la normale pour qu'on me fasse des commentaires…

— Il y aura toujours des gens qui critiqueront et d'autant plus Rob. Mais tu le sais et tu as tenu jusqu'à maintenant alors tu dois continuer à te battre ! Pour toi, pour ton rêve et… pour moi. Je veux te voir heureuse, j'aime pas te voir triste, rétorqua Koda qui empoigna son épée pour couper les quelques mèches rebelles qui dépassaient.

— Tu avais l'air de passer un bon moment avec lui, tout à l'heure…

— Avec Rob ? Tu rigoles, c'était un carnage ! J'ai failli mettre le feu à toute la vallée et il a failli se faire dépecer par un ours par ma faute. Quelle journée…

— J'espère qu'il n'y a pas eu d'autres carnages, par exemple dans ses bras, rappela Yolan.

— Est-ce que tu serais pas un peu jalouse par hasard ?

— Non pas du tout ! Je m'inquiétais qu'il t'ait à nouveau forcé la main. Je te l'ai déjà dit, tu fais ce que tu veux avec qui tu veux ça ne m'intéresse pas.

Sur cette réplique, Koda lui égratigna l'oreille puis s'arrêta pour essuyer le point de sang.

— Koda ?

Yolan se retourna pour observer la jeune fille. Elle fut étonnée de la voir les yeux brouillés de larmes. Elle reposa son épée et la regarda dans ses yeux gris.

— Combien de fois je vais devoir te montrer mon affection pour que tu finisses par me croire ! Yolan, il n'y a que toi et il n'y aura toujours que toi, rentre-toi ça dans le crâne ! Que tu sois une fille, que tu sois un garçon, ça m'est égal… maintenant retourne-toi, j'ai pas fini d'égaliser.

La jeune femme sembla hébétée par la déclaration de son amie.

— Voilà, c'est tout beau ! fit la plus jeune en passant une main dans ses cheveux et en les secouant. Mais quel bel homme, tu vas faire tomber des cœurs au festival.

Elle termina sa phrase en lui embrassant le cou, où un morceau de peau était découvert.

— Merci beaucoup, fit Yolan qui se releva.

En guise de remerciement, elle prit le visage de la cadette entre ses mains puis l'embrassa passionnément. Elles restèrent scellées l'une à l'autre un très long moment, avant de repartir main dans la main. Yolan avait déjà réussi à faire tomber un cœur, cette nuit-là.

✣✣✣

— Regarde Rob, ils viennent d'arriver ! cria l'orangé à l'attention du brun.

Jazz courut vers les deux femmes qui venaient main dans la main.

— On est là ! appela-t-il pour se faire remarquer.
— On vous a vus la première fois déjà, pas la peine d'être si bruyant, sourit la cheffe.
— Tu as déjà fait un tour, Jazz ? demanda la cadette.

Celui-ci fit un non de la tête.

— Je t'attendais eh eh ! La musique est chouette, on devrait aller danser !

Yolan voulut lâcher la main de la jeune fille pour qu'elle puisse aller s'amuser avec le jeune garçon, mais Koda n'était pas de cet avis : elle ne voulait pas se séparer de son amie et amante.

— Le vieil homme qui tient le stand nous offre ses spécialités ! Il dit qu'il est très reconnaissant pour le sauvetage de la petite Margot.

Le petit groupe s'approcha du stand de nourriture et Koda reconnut le berger du pic de l'ours.

— Oh c'est vous monsieur le berger ! Grâce à vous, on a pu retrouver Margot !

— Qu'est-ce que vous racontez encore ! C'est grâce à vous que cette petite fille est encore en vie, Mme Robbie m'a tout raconté ! Appelez-moi Joaquin, et veillez à vous régaler !

Les amis se servirent diverses mises en bouche et se dirigèrent ensuite vers la piste de danse.

Koda dansa d'abord un slow sensuel avec la violette, tout en posant sa tête sur son épaule, se libérant ainsi de toute la fatigue qu'elle avait accumulée lors de la journée.

Elle dansa ensuite comme une folle avec Jazz, et ils firent le petit train avec tous les autres festivaliers.

Ils firent ainsi la fête jusqu'au petit matin, puis s'endormirent sur des chaises mises à disposition. Jazz avait dormi par terre, la plus jeune se servant de son ventre comme oreiller. Rob, quant à lui, dormait la tête sur les genoux de Yolan, qui elle s'était endormie proprement assise.

— S'il vous plaît ?

Yolan ouvrit un œil, puis un deuxième. Elle dut avoir un temps d'adaptation à la lumière du soleil pour reconnaître leur ami berger Joaquin.

— J'espère que le festival vous aura plu. Je tenais à vous remercier pour tout ce que vous avez fait. Mme Robbie n'est pas très fameuse en ville, mais nous, bergers, qui passons très souvent devant son chalet, sommes très heureux qu'elle soit là. Elle nous accueille toujours un verre de lait dans la main. Difficile de ne pas s'attacher à elle et surtout à sa petite Margot !

La cheffe hocha la tête et s'étira, ce qui réveilla le brun.

— Enfin bref, je suis là pour vous dire qu'on a tous cotisé avec la communauté des bergers et on vous prie d'accepter notre offre. C'est pas grand-chose, mais c'est le minimum qu'on puisse faire.

Yolan ne pouvait qu'accepter la récompense face à un tel discours. Elle ouvrit l'enveloppe qui contenait une lettre, et soixante couronnes. Celle-ci écarquilla les yeux, comme si un coup de chance les avait frappés.

— J'espère que vous en ferez bon usage, sur ce, bonne continuation messieurs et dames, salua-t-il en retirant son chapeau de paille et en faisant une révérence.

— C'est beaucoup trop aimable à vous, vous en avez déjà tellement fait ! Merci beaucoup ! Un plaisir d'avoir pu rendre service !

— Tout le plaisir est pour moi, les gratifia-t-il encore. D'ailleurs, j'ai entendu M. Cate qui se plaignait d'avoir perdu ses poules, si jamais ça vous intéresse. En tout cas, vous serez toujours les bienvenus à Little Beast.

Sur ce, il partit et Yolan et Rob se regardèrent d'un air rieur.

— Nouvelle mission de sauvetage animalier ? demanda le brun.

— Tu veux sauver des poules ?

— Allons sauver des poules, ajouta Rob un sourire narquois aux lèvres.

Les deux amis rigolèrent encore un bout de temps, bientôt rejoints par les deux derniers qui dormaient jusqu'alors. Ils se mirent en route du poulailler, ce qui conclut cette nouvelle aventure.

Chapitre 14
Traversée du pays (1)

Koda ne se sentit jamais aussi bien après cette mission. Contrairement à M. Johnson qui leur avait donné une lourde récompense, bien que réduite par rapport à l'initiale, elle sentait toute la reconnaissance qu'émanait les villageois pour un simple sauvetage de chat, ce qui la rendait davantage heureuse. Elle ressentait pleinement la satisfaction d'avoir fini une mission, et surtout d'être venue en aide à quelqu'un qui semblait en proie au désespoir.

Elle avait remarqué que ce sentiment était aussi partagé par les autres membres, ce qui avait renforcé leur lien. Elle apprit à faire confiance au brun et sa relation avec la cheffe n'en était que meilleure.

Voilà trois jours qu'ils avaient quitté Little Beast. Après avoir obtenu l'argent nécessaire, les quatre amis repartirent pour regagner la forêt de Holly Town. Koda était à la fois triste et heureuse. Heureuse, car elle pouvait enfin retrouver sa mère qui devait l'attendre impatiemment, mais était à la fois triste de ne plus pouvoir vivre d'aventures avec les trois autres. Elle avait peur que sa relation avec le petit groupe ne redevienne banale.

Mais cette fois-ci, elle pouvait rentrer le cœur léger, étant sûre d'avoir sa chance pour rejoindre la capitale, et surtout l'académie de danse.

— T'entends ça, Koda ? Des bruits de sabots ! s'enthousiasma Jazz.

Le quatuor s'était reposé au bord de la route, qui longeait une immense forêt. Ce chemin était peu emprunté, peu de randonneurs s'y aventuraient. Ils avaient peut-être croisé un ou deux marchands mais pas davantage.

— Des chevaux de l'armée royale, ajouta Yolan, l'oreille affûtée. Je me demande ce qu'ils font ici… Ça ne me dit rien qui vaille mais ayez l'air naturel.

Koda et Jazz hochèrent la tête puis coururent l'un après l'autre, jusqu'à ce que le jeune garçon trébuche.

En effet, deux soldats de l'armée royale firent leur apparition, sortant de la forêt juste derrière le dos de Yolan et Rob qui étaient assis à même le sol. Les deux eurent le même réflexe et gardèrent une main sur leurs épées.

— Halte là messieurs, que faites-vous ici ?
— Pourquoi ? Il y a un problème ? demanda la cheffe en contemplant le garde.
— Ah ça, un problème ! Bien sûr qu'il y en a un… et pas qu'un seul mais plusieurs ! Cette race puante d'yeux violets, ça commence à bien faire.

Yolan sentit ses yeux changer de couleur lorsqu'elle ressentit une haine intense la prendre. Elle se retourna brusquement pour empêcher le soldat de les voir, et prit sa tête dans ses mains pour canaliser ses nerfs.

— Ben quoi, qu'est-ce qu'il lui prend ?

— Excusez-le, il a une intense méningite en ce moment… la défendit Rob. Sinon nous, messieurs, on n'est que des mercenaires en retour de mission, rien de plus banal.

Le brun savait très bien que l'armée détestait les mercenaires. Il n'était pas légitime selon eux de gagner de l'argent au service personnel des gens, sans aucune procédure judiciaire derrière les missions.

— Hmpf, des mercenaires hein, montrez-moi vos papiers d'identité.

— Il me semble qu'on n'a pas besoin de montrer nos papiers quand on est en mission, et ce jusqu'à nouvel ordre, contesta le brun.

— Une nouvelle loi est passée concernant les sans-papiers, mise en vigueur dès demain. Tous ceux qui refuseront de les montrer risquent le cachot. De même, les passages vers l'arrière-pays sont interdits.

— Si j'ai bien compris, cela n'est pas valable aujourd'hui, n'est-ce pas ? Allez, bonne journée, monsieur le soldat.

Cette dernière phrase sonna comme une insulte pour les deux gardes, qui ne pouvaient plus le contredire. Rob avait raison et ils le savaient. Ils repartirent penauds sans demander leur reste.

Koda prit la main de Yolan qui ne semblait pas s'être remise de la conversation menaçante des deux cavaliers.

— Rob, Jazz, vous êtes au courant pour les yeux de Yolan ?

Elle posa cette question car elle ne s'en était jamais rendu compte. Mais après avoir remarqué Rob prendre la défense de la violette, elle sut que la méningite n'était qu'une excuse.

— Bien sûr ! C'est un peu le but d'une équipe de connaître tous les petits secrets de chacun non ? Mais yeux violets ou pas, ils peuvent aller se faire voir, ça ne change rien à rien. Et pis, s'ils sont tous balèzes comme Yolan grâce à ça, tant mieux pour eux !

Yolan soupira longuement. Koda savait que cela avait à voir avec son autre secret, caché de ses deux autres coéquipiers. La jeune fille ne comprenait vraiment pas la logique du brun. Il était l'origine même de la discrimination, que ce soit envers les femmes ou envers les homosexuels, mais ne pensait pas de la même façon pour ceux aux yeux de couleur différente.

— Aidez-moi s'il vous plaît ! dit une voix qui surgit des buissons.

Le quatuor se retourna en sursautant, pour faire face à une jolie fille aux cheveux rose pastel. La première chose qui leur parut flagrante fut le bandage épuré qu'elle portait autour des yeux.

— Désolé ma jolie, mais on n'est pas en mission aujourd'hui, déclara Rob, soucieux.

— Je vous en supplie… Vous êtes ma seule chance… J'ai entendu dire que vous étiez des mercenaires…

— Je suppose qu'il n'y a pas de mal à savoir de quoi il retourne, proposa Koda.

Les trois autres du groupe se regardèrent puis acquiescèrent.

— Oh, merci infiniment ! Comme vous l'avez entendu, une nouvelle loi vient de passer et euh, les taxes sont devenues si chères que je ne pouvais pas continuer à vivre là-bas, comme avant.

— Les prix sont seulement exorbitants pour les yeux violets. Tu en es une, n'est-ce pas ? dit Yolan en mimant son bandage.

— Quoi ? Comment pouvez-vous dire des choses pareilles… ! s'exclama-t-elle gênée.

— On ne dira rien, j'en suis moi-même un, reprit la cheffe dont les yeux changeaient de couleur.

La fille ouvrit la bouche en signe de surprise.

— Vous avez de la chance de l'être qu'à moitié ! La ville devient bien trop chère pour nous… Ils prévoient d'examiner les papiers de tous les habitants demain, mais je pense que seuls ceux aux yeux violets seront consultés. Si les papiers ne conviennent pas, ou si nous ne sommes pas en règle avec nos paiements, ils prévoient de nous envoyer dans un endroit dont on n'a pas connaissance, et quelque chose me dit que ce sera pire que le cachot…

— Alors, vous êtes en fuite ? demanda Koda.

— Oui, je veux rejoindre l'arrière-pays ! Les prix seront toujours moins chers, et les contrôles y sont moins récurrents… Puis le temps d'y arriver, ils auront eu le temps de contrôler tous les citadins.

— Donc tu veux qu'on t'y emmène pour assurer ta sécurité ?

— Oui, c'est ce que j'espérais… Je n'y arriverai jamais seule, alors s'il vous plaît…

— L'arrière-pays, combien de temps ? demanda la cheffe.

— Deux semaines sans détour. Mais dans ce cas-là, il faudra bien un mois sinon plus pour y aller… répondit le brun.

— C'est beaucoup trop risqué, continua Yolan.

— J'ai de quoi payer !

— Le tarif reviendrait excessivement cher, je pense que tu aurais mieux fait de rester en ville que de te payer un passeur, reprit la cheffe. Il y en a bien pour au moins…

— Je peux vous offrir mille couronnes !

Le groupe s'arrêta, choqué de la révélation de la rose. La jeune cheffe allait proposer un prix autour de cinq cents couronnes, mais reconnut qu'une telle somme ne pouvait lui déplaire.

— Je reconnais que je vous demande quelque chose de très compliqué, et surtout de très long. Ce n'est pas une requête de tout repos… Alors, acceptez mon offre.

— Nous allons prendre un moment pour nous concerter et prendre une décision, si tu le veux bien.

La jeune fille acquiesça et le quatuor s'isola, au bout du sentier.

— Un mois… reprit Koda qui pensait pouvoir revoir sa mère. Et rien que pour l'aller, n'est-ce pas ?

— J'en ai bien peur oui… Mais on peut toujours refuser son offre.

— Mille couronnes Yolan ! s'exclama le brun. Je peux très bien comprendre que ça bougera tous nos plans pour au moins les deux prochains mois, mais ça nous en fera une belle de pouvoir nous payer un nouvel équipement… Et puis même, pourquoi pas prendre une chambre d'hôtel pour reprendre des forces avant le tournoi ?

Koda eut un sourire triste.

— C'est une chance de gagner autant, puis une aventure aussi longue ne pourra que nous apporter de bonnes expériences, souffla la jeune fille.

Les trois autres se mirent d'accord et décidèrent d'accepter le service de la jeune femme.

— On accepte, mais j'espère que la récompense est réelle.

— Elle l'est ! dit-elle en sortant sa bourse. Oh merci, merci mille fois ! Je suis soulagée… Je m'appelle Amelyne mais appelez-moi Lyne. J'ai vingt-cinq ans et je tenais un salon de coiffure dans la banlieue de Royal Town.

— Tu as l'air de bien gagner ta vie… Sans vouloir t'offenser, pourquoi partir si tu as autant d'argent ? demanda la plus jeune de sa curiosité bien à elle.

— Tu plaisantes ! Je suis complètement ruinée et je vis endettée… peut-être pour la vie ! J'ai juste économisé depuis petite pour m'évader un jour, et je suis prête à enfin utiliser cet argent comme il se doit.

Les autres se présentèrent à leur tour puis prirent enfin leurs sacs pour se remettre en marche. Koda avait du mal à s'imaginer reprendre tout leur chemin en sens inverse, mais savait que c'était pour venir en aide à quelqu'un qui en avait besoin.

La jeune fille resta en retrait avec l'orangé qui n'avait rien dit de toute la discussion. Ce qui l'inquiétait encore plus était le fait qu'il n'avait pas même émis une seule remarque par rapport à toute la marche qu'ils avaient à faire. Elle le regarda puis passa sa main sur son front pour prendre sa température.

— Jazz ! Tu brûles et tu es tout rouge… Qu'est-ce que t'as attrapé ?
— Je crois que j'ai attrapé l'amour, fit-il un peu perdu.

Koda fut étonnée d'apprendre la nouvelle.

— De qui ? D'Amelyne ?
— Mais elle ne m'aimera jamais en retour, je suis pas bête ! Regarde comment elle plaisante facilement avec Rob et le chef…

L'adolescente l'observa puis fut prise d'un sentiment qu'elle n'avait jamais ressenti auparavant. Elle crut ressentir de la jalousie. Effectivement, Koda avait été habituée à être la seule jeune fille connue à ce jour du groupe, et voilà qu'une fille magnifique au corps de déesse venait de faire son apparition. Ses cheveux mi-longs et très lisses suivaient les lignes de son corps, ce qui lui donnait une harmonie parfaite vue seulement de dos. Elle portait un simple débardeur blanc qui épousait suavement sa poitrine avec une jupe corail qui lui arrivait aux genoux. La clarté de sa tenue contrastait à merveille sa peau délicatement métisse.

— Elle est divinement parfaite…
— Oui, je sais ! Je suis un peu intimidé devant des beautés pareilles, alors je n'ose plus vraiment être moi-même, se plaignit Jazz.
— Tu n'as pourtant pas été intimidé avec moi… ça veut dire que tu me trouves moche ? fit la jeune fille, apeurée.

Le garçon aux cheveux flamboyants rigola de toute son âme.

— Mais non voyons ! Avec toi, c'était juste différent, répondit-il simplement.

Sa réponse planta une flèche dans le cœur de Koda. Celle-ci s'enfonçait toujours un peu plus quand elle voyait la jeune fille poser sa main sur le bras de Yolan, puis sur celui de Rob, comme si elle cherchait à tâter leurs muscles. L'adolescente reprit ses esprits. Elle ne pouvait pas commencer à s'imaginer des choses qui devaient être complètement innocentes, ou elle ne réussirait jamais à la supporter pendant plus d'un mois.

Koda observa longuement la vue qui les entourait. Elle reconnut la falaise où Yolan avait inconsciemment perdu contrôle et ce souvenir lui rappela la question qui lui brûlait tant les lèvres mais qu'elle n'avait toujours pas réussi à poser. Elle sentit que l'occasion s'était enfin présentée.

— Yolan ? appela la plus jeune.

Celle-ci discutait avec la nouvelle et n'entendit pas Koda l'appeler. Cette dernière se sentit soudainement seule et refoula sa question dans sa tête.

— Oui, Koda ? répondit Jazz en imitant le ton suave que la cheffe employait pour s'adresser à la cadette.

Koda ne put s'empêcher de rire et fut heureuse de se retrouver avec l'orangé.

— Je voudrais un câlin, supplia-t-elle.

Elle n'eut pas à se répéter deux fois que le plus jeune lui sauta dessus. Leurs rires interpellèrent les trois meneurs qui se retournèrent avec un sourire devant cette scène.

✣✣✣

Deux semaines s'étaient déjà écoulées et Koda ne s'était toujours pas habituée à la présence d'Amelyne. Elle restait néanmoins polie avec cette dernière mais n'arrivait jamais à trouver de conversations lorsqu'elles se retrouvaient en tête-à-tête, ce qui les laissait franchement embarrassées. Elle était restée la plupart du temps en compagnie de Jazz, qui lui aussi n'arrivait toujours pas à démarrer une discussion avec la rose qui préférait rester avec ceux de son âge.

Ils avaient parcouru des kilomètres en forêt, et parfois en montagne, quand ils jugeaient que la route en contrebas était trop risquée, le passage de l'armée étant plus récurrent. La petite bande avait pu profiter de divers paysages époustouflants qui leur restaient en tête même pendant leur sommeil. Cette nuit-là, ils venaient d'arriver à la sortie d'un bosquet. Le bosquet donnait sur un petit village dont le passage de l'armée était très régulier, mais ils ne pouvaient attendre indéfiniment que ces derniers déguerpissent : la route était encore bien trop longue.

— Voilà ce qu'on va faire, commença Yolan. Jazz, Koda, vous allez servir d'appât. Pendant ce temps-là, on fuira vers le centre du village, les contrôles y sont moins marqués qu'au niveau des routes. On se donne rendez-vous devant la taverne.

— Mais qu'est-ce qu'on peut bien faire pour attirer leur attention ?

— Les petits sont pleins d'imagination, vous trouverez bien, siffla le brun. Allez salut les mômes !

Sur ce, il les poussa brutalement à l'extérieur, ce qui fit tomber Jazz contre les graviers de la route et Koda tomba sur le dos du plus jeune.

— Oh là, que faites-vous ici ? demanda un grand blond moustachu.

Les deux adolescents regardèrent son insigne et comprirent qu'ils venaient de tomber tout juste au pied d'un garde de l'armée.

— S'il vous plaît monsieur, on s'est perdus avec ma sœur en jouant dans la forêt et elle est tombée très malade…

— Laisse-moi vérifier sa température.

— Atchoum ! éternua-t-elle quand elle vit la main de l'homme s'approcher d'elle, ce qui la fit tout de suite reculer.

— Vous pouvez nous aider ? J'ai peur que sa fièvre soit inquiétante, il faut vite qu'on l'emmène à l'hôpital ! s'agita l'orangé.

— Écoute, gamin, on n'est pas là pour…

— S'il vous plaît, sanglota Jazz qui portait Koda sur son dos. Maman nous a toujours dit que si on avait un problème, les chevaliers de l'armée seront toujours là pour nous aider car ce sont de véritables héros !

Le garde observa longuement la bouille du garçon et ne put qu'émettre un soupir.

— Comment peut-on refuser dans ce cas ? Ta maman a raison, c'est bien de l'écouter. Si tu as le moindre problème, viens voir les gardes, ils sauront toujours résoudre n'importe quel souci. Mais après l'infirmerie, vous rentrerez vite chez vous, d'accord ? Ça devient dangereux en cette période pour des enfants comme vous.

Jazz sauta de joie en faisant attention à ne pas faire tomber Koda. L'homme les accompagna jusqu'à une carriole où deux autres hommes se trouvaient, puis partirent en direction de l'infirmerie du village. En se retournant, les deux amis purent apercevoir le trio s'enfuir de la forêt, dans l'obscurité de la nuit. Ils croisèrent le regard violet et reconnaissant de Yolan, fière qu'ils aient réussi leur mission.

Après cinq minutes de route, ils sentirent la carriole s'arrêter.

— Et voilà, on est arrivés les jeunes, fit le garde. Prenez soin de vous !

— Merci, fit Jazz qui replaça Koda sur ses épaules.

— Pfiou, j'ai cru qu'ils ne partiraient jamais, fit l'adolescente soulagée.

Elle descendit du dos de son ami puis ils entendirent une voix dans leur dos.

— Bonsoir les enfants, qu'est-ce qui vous amène ? leur demanda une nonne. Une petite toux ?

Ils attendirent de voir disparaître la carriole de leur champ de vision avant de se mettre à courir, sous le regard outré de la bonne sœur.

Ils rigolèrent durant leur course, puis Koda attrapa le bras de Jazz qui allait tourner vigoureusement dans la mauvaise direction. Ils firent une pause pour reprendre leur souffle.

— T'étais si convaincant Jazz ! Tu ferais un bon comédien, gloussa la jeune fille.

— Oh, c'était pas si compliqué ! Je me suis imaginé ce qu'une mère pourrait dire de flatteur au sujet de l'armée.

— Ta mère n'est pas une partisane de l'escadron ?

— Je ne sais pas, je ne l'ai jamais vraiment connue ! Mais vu ce que mon père me disait d'elle, elle ne devait pas l'être non.

— Oh, je suis désolée… culpabilisa Koda d'avoir cédé une nouvelle fois à la curiosité.

— Ne le sois pas, ça ne me fait rien. Comme je l'ai dit, je ne l'ai jamais connue, elle ne peut pas me manquer.

— Et ton père, il était gentil ?

— Oui très ! Même plus que moi, ah ah ! Il me manque beaucoup, mais il savait que je finirais par partir loin de l'école si je continuais à me faire harceler. Il me disait toujours de laisser passer, mais j'ai préféré partir.

Koda hocha la tête puis elle lui donna sa main pour l'aider à se relever.

— Allons-y, ils doivent nous attendre.

Les deux amis reprirent leur course puis arrivèrent finalement devant la taverne. Ils ne virent étrangement personne puis virent deux gardes crier dans leur direction.

— Par ici, je les ai vus courir par là !

Les deux adolescents prirent peur puis une main les attrapa et les ramena à l'intérieur de la taverne. Ils furent rassurés de voir le brun face à eux.

— Vous en avez mis du temps, gronda-t-il.
— Hé, oublie pas qu'on vous a aidés ! cria la bleue.
— Oui, oui, allez dépêchez-vous, tous les regards sont déjà braqués sur vous.
— T'as déjà vu des enfants dans une taverne ? demanda le garçon aux cheveux orange, paniqué d'enfreindre le règlement.

Ils rejoignirent rapidement la table où Yolan et Lyne étaient installées, devant une carte.

— Ah, vous êtes là ! s'exclama Yolan avec un grand sourire. Venez, on étudiait la dernière ligne droite qu'il nous reste à faire.

— Elle durera combien de temps ?

— Encore deux petites semaines, maximum. On a fait une bonne moitié, dit la cheffe dans un soupir. On restera la nuit ici, des chambres sont disponibles à l'étage. Vous avez quartier libre jusqu'à ce qu'on commande de quoi dîner.

Yolan passa une main dans les cheveux de Koda puis lui donna un sourire, avant de repartir discuter avec Rob. Celle-ci voulut profiter de l'occasion pour rester avec elle, mais cela n'avait pas l'air réciproque pour la jeune cheffe.

La bleue regarda autour d'elle et constata qu'elle s'était retrouvée seule avec la nouvelle. Jazz, inconfortable à ses côtés, avait simulé une envie pressante.

— Yolan a l'air de beaucoup t'aimer…

— Ah, euh, tu trouves ? dit Koda intimidée. Je n'ai pas eu cette impression depuis deux semaines…

— C'est parce que c'est un bon mercenaire, il est préoccupé par sa mission avant tout.

— Je le trouvais plus préoccupé à faire la causette avec toi… commenta-t-elle en gonflant les joues.

— Tu es jalouse ? Je remarquais que tu avais l'air froide avec moi mais je pensais me faire des idées… Il n'y a vraiment pas de quoi, je t'assure ! On s'est rendu compte qu'on partageait le même village natal, comme quoi le monde est petit…

Koda soupira. Elle se rendit compte qu'elle ne savait que très peu de choses sur Yolan mis à part son passé tragique alors que cela faisait trois mois qu'elles se connaissaient. Par contre, en deux semaines, elle avait partagé des informations sur sa ville natale et sans aucun doute beaucoup d'autres avec la jeune femme.

— Il a l'air beaucoup plus sociable avec toi, je le vois bien plus ouvert qu'auparavant.

— Il ne m'a pas tout raconté, non plus. Je suis sûre que tu connais tous ses petits secrets, c'est la base même d'une équipe, n'est-ce pas ! Et puis, si je peux te rassurer, tu ne me verras plus à la fin de la mission… Ils auront l'argent pour me remplacer, mais ton amitié, elle, sera toujours irremplaçable !

La jeune adolescente eut un pincement au cœur. En un mois, ils pouvaient bien s'attacher à la jeune femme même si la motivation principale était bien les mille couronnes promises.

— En tout cas, je suis contente d'avoir fait la route avec vous, je n'aurais pas pu trouver de meilleurs compagnons de voyage ! s'enthousiasma-t-elle. Et euh, entre nous, il y a quelque chose entre vous ?

— Entre qui et qui ? demanda Koda, feignant de ne pas comprendre la question.

— Entre Yolan et toi ! Il a demandé une chambre pour vous deux tout à l'heure…

— Il a quoi ! s'exclama l'adolescente, le feu aux joues.

— Ta réaction répond à ma question, rit la rose. Mon fiancé m'a quitté il n'y pas longtemps, je l'ai surpris avec une autre femme et quand je lui ai proposé de choisir entre elle ou moi, il est parti…

Un voile de tristesse passa dans les yeux de la plus jeune.

— Et toutes les filles de mon âge sont mariées et ont des enfants, je me sens un peu à la traîne, alors j'ai un peu jeté mon dévolu sur votre chef, on va dire.

— Tu as quoi… ! commença à s'énerver la cadette.

— Du calme, du calme, il me parlait très souvent de toi, j'ai vite compris que je n'avais pas ma place auprès de lui ! Je me suis un peu focalisée sur Rob, mais il est un peu macho sur les bords…

— Et pourquoi pas Jazz ? C'est le garçon le plus aimable que j'ai rencontré !

— Il n'a que quatorze ans ! J'en ai onze de plus que lui…

Koda pensa à Noji et Dylan, qui avaient, eux, douze ans d'écart.

— Et puis, il fuit dès qu'il me voit…

Les deux filles le regardèrent au loin, mais quand il croisa leur regard il repartit en courant.

— Tu vois !

— Il n'empêche qu'il est adorable. Tu devrais lui donner sa chance… D'ailleurs, je m'en rends compte seulement maintenant, mais tu vois même avec ce bandage sur tes yeux ?

— Oui, c'est un bandage très spécial ! Il a beaucoup d'intérêt pour moi, heureusement que j'en ai un autre de rechange, au cas où. Sinon… J'ai compris que c'était l'anniversaire de Yolan aujourd'hui, il est minuit passé !

Celle aux cheveux bleus sembla atterrée.

— Quoi ! Mais je n'ai aucun cadeau de prévu… Comment tu le sais ?

— Rob me l'a dit ! Si tu veux, j'ai une petite idée pour raviver la flamme entre vous, fit Lyne en donnant un clin d'œil à la plus jeune. Viens avec moi !

Koda obtempéra et suivit la jeune femme jusqu'à sa chambre. Elle attendit une bonne dizaine de minutes avant que l'ancienne coiffeuse ne sorte un chemisier blanc, dont le trou était plus large que le tissu. L'adolescente se contempla et remarqua que sa salopette était couverte de boue. Elle se sentit honteuse et voulut prendre une douche dans l'immédiat.

— Euh, le trou gigantesque là, c'est pour mettre la tête ?

— C'est un décolleté ! Très osé je te le concède, mais il t'ira parfaitement, crois-moi. Puis, il ne t'arrivera rien avec Yolan à tes côtés… Même seule tu peux te débrouiller j'en suis sûre, rigola Amelyne avec légèreté. Allez, file prendre une douche, je peux te sentir d'ici.

L'adolescente voulut s'enterrer puis partit aussi vite que l'éclair. Elle revint une dizaine de minutes plus tard à nouveau fraîche et enfila le chemisier avec un pantalon noir très serré.

Elle se regarda dans un miroir et complexa d'autant plus.

— Tu es magnifique ! Ça te va à ravir !

— Mais ma poitrine n'est pas aussi imposante que la tienne…

— Justement, ça ne fait pas du tout vulgaire ! Tu as vraiment la silhouette d'une danseuse !

Koda se regarda une nouvelle fois sous les compliments de son amie et se sentit plus légère. Le décolleté était si grand qu'on aurait dit que le chemisier était simplement ouvert. Lyne lui fit un nœud pour qu'il paraisse moins large, puis elles repartirent rejoindre leurs amis.

Ces derniers restèrent bouche bée quand ils les virent redescendre. Yolan se précipita et offrit sa main à la plus jeune quand elle vit les hommes de la taverne la dévorer du regard. Koda un peu gênée par ce type de vêtements croisa les bras, mais Yolan les lui décroisa.

— Ne les croise pas, je veux les voir jalouser le fait que tu sois à moi, lui chuchota la cheffe à l'oreille, ce qui donna à la cadette des frissons d'excitation.

Koda ne put s'empêcher d'embrasser langoureusement cette dernière.

— Joyeux anniversaire, Yolan.

Celle-ci lui sourit puis elles rejoignirent leurs partenaires. Yolan leur offrit le dîner, puis s'énerva contre Rob lorsque ce dernier louchait sur la poitrine de la cadette. Amelyne leva le pouce dans sa direction, qui lui disait « bien joué ». Koda ne pouvait s'empêcher de rougir, non seulement parce qu'elle prit conscience que tout le monde avait assisté à leur baiser, mais également parce qu'elle avait soudainement très chaud. Elle n'avait pas remarqué que les boissons qu'ils buvaient étaient alcoolisées.

— Ça va, lui demanda Yolan qui remarquait ses rougeurs.

Elle posa sa main sur la cuisse de la plus jeune, ce qui provoqua une nouvelle vague de chaleur en elle. Elle hocha la tête bien qu'elle aurait voulu lui dire que sa seule envie était de se mettre à danser sur les tables, sans se soucier du regard des autres clients. Elle comprit alors pourquoi les moins de dix-huit ans ne pouvaient pas consommer d'alcool.

— Hé, ma jolie, tu pourrais retirer ce bandage de tes yeux, je voudrais voir la beauté de ton visage. Rien que ton corps me dit que tu dois être sublime, fit une voix rauque.

— Retire tes sales pattes de mon amie ! s'écria Koda.

Amelyne fut touchée par l'attention, mais fut également énervée contre l'homme qui les avait dérangés.

— Qu'est-ce que tu veux le bonhomme ? Ta poitrine est si inexistante que j'ai mis du temps à comprendre que t'étais une fille, l'insulta le même homme.

Koda s'arma d'une fourchette mais Yolan s'était déjà levée en craquant ses poings. Rob avait reculé sa chaise pour contempler la scène et se craqua simplement les cervicales, prêt à bondir au besoin. Jazz voulut retenir la cadette qui semblait bouillir de rage tandis que la rose énervée ne pouvait que jeter des regards mauvais à celui qui avait commencé les hostilités.

Le premier coup de Yolan partit et mit au sol l'homme saoul. Cela excita la salle et les coups se mirent à fuser de partout.

Koda se libéra de Jazz et contre tout attente, se mit debout sur une table.

— Et qu'est-ce qu'elle peut te faire ma poitrine plate ! Je suis un bonhomme moi ! cria-t-elle en retirant complètement son haut et en le jetant à l'autre bout de la salle.

Jazz se cacha les yeux, pensant être aveuglé par le Saint-Esprit.

— Putain tu fous quoi la mioche ! cria Rob occupé à maîtriser un homme bien plus robuste que lui.

Il réussit à lui faire un croche-pied et le bascula sur le côté puis courut en direction de la jeune fille pour l'attraper afin de la faire descendre de la table, en prenant soin de cacher ses attributs. Il remarqua un grain de beauté en forme de cœur sur son épaule puis la jeune fille lui donna un coup pour s'éloigner de lui.

— J'ai toujours su que tu pensais qu'à me toucher !
— Mais ferme-la bon sang ! Je fais ça pour ton bien ! s'énerva-t-il.

Yolan avait vu la scène bien trop tard et était trop loin de la jeune fille pour la calmer. Cependant, elle remarqua que le chemisier qui était tombé à ses pieds n'y était plus. Elle vit Amelyne s'approcher et lui demander où était le haut. Elles tournèrent le regard au même moment et virent un homme chauve et obèse renifler le vêtement avant de le prendre dans ses bras pour le cajoler. Elles furent dégoûtées par la scène puis

Yolan arrêta un crochet qui lui était destiné et laissa Amelyne chercher le haut.

Elle s'approcha alors de l'homme, puis voyant qu'il ne voulait pas lâcher l'objet de sa convoitise, elle s'arma d'une bouteille en verre et la lui brisa sur le crâne. Elle fut choquée d'avoir usé de tant de violence mais put au moins reprendre le chemisier de son amie. Elle voulut repartir en courant mais sentit une main lui attraper le poignet. L'homme qu'elle venait d'assommer ne s'était pas complètement évanoui, et alla la frapper de son poing.

— Sale garce, tu vas me le payer !

Elle protégea son visage de ses mains par réflexe, mais elle entendit un bruit fracassant. Elle ouvrit les yeux puis vit l'homme affalé par terre et Jazz derrière, armé d'une chaise qui avait été écrasée sur la tête du chauve. Jazz prit la main de la rose et s'enfuirent tous les deux.

— Stop ! Tout le monde dehors ! s'époumona le propriétaire de la taverne.

Tous les clients obéirent et sortirent de la bâtisse. Une fois dehors, Koda tremblotait de froid. Rob tenait fermement les mains de la plus jeune contre sa propre poitrine car elle ne voulait pas la cacher. Il fut soulagé de voir Yolan, Jazz et Amelyne lui apporter le vêtement de la plus jeune.

— Enfin, j'en pouvais plus de la tenir ! Elle est déchaînée ! Je vous jure, je croyais avoir vu le Diable plus d'une fois, mais j'en ai jamais vu un aussi emmerdant… !
— C'est toi qui me laisses pas agir comme je veux ! dit-elle en se défaisant de ses liens.

Il la jeta contre Yolan qui la serra fort dans ses bras.

— Tu ne voudrais pas que d'autres personnes mises à part moi puissent admirer cette merveille, lui chuchota-t-elle à nouveau en lui enfilant son chemisier.
— Arrête de faire ça, ça m'excite bizarrement.

La jeune cheffe rigola, puis toute la bande finit par rejoindre la violette. Ils avaient passé une drôle de soirée, mais savaient qu'elle leur resterait longtemps en tête. Après toutes ces péripéties, ils rejoignirent chacun leur chambre.

— Bonne nuit, et encore joyeux anniversaire Yo' ! rigola le brun avant d'entrer dans sa chambre, qu'il partageait avec l'orangé.
— Par pitié, arrêtez avec ce surnom…

Puis la cheffe lui sourit en retour et poussa Koda à l'intérieur de leur pièce.

— Je suis désolée pour tout ça Yolan, je vous ai un peu foutu la honte… s'excusa la cadette, toujours rougie par l'alcool.
— Ne t'en veux pas, on y a tous participé ! Puis on n'aurait pas dû te servir d'alcool en premier lieu… lui fit remarquer la violette en lui retirant son haut.

Elle commença à lui embrasser ses épaules nues puis descendit ses baisers petit à petit, jusqu'à rejoindre son décolleté. Elle regarda la plus jeune qui la regardait déjà avec une lueur d'excitation dans les yeux et lui donna un sourire. En rigolant, elle la poussa sauvagement sur le lit puis Koda l'embrassa avec désir.

— On devrait dormir, je pense, lui murmura la violette sous le regard dépité de la plus jeune.

Encore une fois, Yolan l'avait laissée sur sa faim et Koda se mit à rouspéter avant de s'enfouir profondément sous sa couette. La violette se serra contre elle et s'endormit avec la plus jeune dans ses bras.

Aux premiers rayons de soleil, Koda qui était naturellement une lève-tôt ouvrit les yeux. Elle sentit quelque chose agrippé à elle ce qui lui donna fortement chaud, puis rougit quand elle vit une masse de cheveux violette collée à son dos. Elle rit doucement quand elle aperçut un filet de bave au coin des lèvres de la plus âgée. Puis vint le moment où elle prit conscience qu'elle n'avait pas de haut, et essaya de se rappeler les souvenirs de la veille. L'odeur d'alcool qui lui empestait le nez l'aida à se souvenir de quelques évènements puis elle se sentit extrêmement gênée. La bleue voulut se lever pour aller se doucher mais sentit les bras de la jeune cheffe se resserrer un peu plus autour de son ventre. Elle essaya tant bien que mal de se défaire de son étreinte, puis entendit Yolan pousser un grognement.

— Ne t'en vas plus jamais, lui dit-elle.

Koda se sentit fondre puis lui caressa la tête.

— Je reviens, promis, il faut juste que je me débarrasse de cette mauvaise odeur, tu ne penses pas ?

Yolan ouvrit ses yeux d'un gris apaisant pour fixer le doux visage rayonnant de la jeune fille. Elle émit un soupir puis la contempla chercher quelques affaires et s'éloigner vers la porte d'entrée.

— Tu ne me proposes pas de te rejoindre ?

Chapitre 15
Traversée du pays (2)

Koda sentit sa température monter au quart de tour. Elle avait déjà sa poitrine à découvert et se sentit légèrement embarrassée de trôner devant la cheffe vêtue de la sorte. Elle avait bien compris que Yolan n'était pas allée plus loin la veille car la plus jeune était toujours sous le joug de l'alcool, mais maintenant qu'elle était redevenue sobre, il lui était compliqué de cacher son embarras.

— À moins que tu ne le veuilles pas, bien évidemment… mais ce n'est pas ce que tu semblais montrer hier soir, continua celle aux cheveux violets en se mordant la lèvre inférieure.

Ce geste anodin mit Koda dans tous ses états. Elle remarqua que Yolan ne portait qu'un simple bandage autour de sa poitrine ce qui remplit sa tête d'idées obscènes.

— Bien sûr que je le veux ! s'exclama-t-elle avec plus d'ardeur qu'elle ne l'aurait voulu.

Elle baissa la tête, honteuse.

— Oh, qu'est-ce que tu m'énerves à être si mignonne à la fin, souffla la jeune femme en se prenant la tête dans les mains.

La cadette pouffa puis les deux femmes se dirigèrent en direction des douches communes main dans la main, en prenant garde à ce que personne ne les voit. Elles arrivèrent dans la salle de bain puis fermèrent la porte à clef derrière elles. Une fois cela fait, elles s'embrassèrent férocement contre les divers lavabos qui étaient présents. Yolan installa la plus jeune sur l'un d'entre eux puis attaqua sa poitrine. Celle-ci ne put retenir un gémissement de plaisir puis voulut également enlever ce qui masquait la poitrine de la cheffe, mais n'y arriva pas.

— Qu'est-ce que c'est que ça ?
— Un bandage qui aplatit et qui empêche ma poitrine de se développer à long terme, dit-elle dans un soupir. Laisse-moi faire…

Elle se débarrassa de son tissu, aida la plus jeune à descendre du lavabo puis les deux femmes se retrouvèrent rapidement en culotte. Elles coururent rapidement dans une cabine et l'eau qui coulait fut l'unique chose que l'on pouvait entendre en provenance de la salle de bain.

Une fois la douche finie, elles sortirent chacune enroulée dans une serviette en rigolant et prirent le temps de se sécher.

— Un avantage des cheveux courts : ça sèche rapidement, commenta Yolan qui se moquait de la serviette enroulée sur la tête de la bleue.

Koda gonfla ses joues.

— Mais les tiens sont très beaux, ajouta-t-elle en lui déposant un doux baiser sur le front.
— Dis Yolan… commença la jeune fille d'un air mélancolique.

Elle marqua une pause puis l'interpellée attendit quelques instants, un sourcil relevé.

— Non rien, oublie, conclut-elle en la gratifiant d'un sourire.
— Tu peux tout me dire, tu sais.

Koda hocha simplement la tête puis une fois habillées elles sortirent de la pièce et se heurtèrent à quelqu'un. Mais pas n'importe qui : il s'agissait du brun, torse nu, qui les regardait d'un air fébrile.

— C'est vous qui bloquiez la porte depuis tout à l'heure ? demanda-t-il en croisant ses bras musclés.

Les deux coéquipières se regardèrent et s'empêchèrent d'avoir un fou rire.

— Bon, allez-y sortez, je vais faire comme si j'avais rien vu, grogna-t-il.

Rob rentra à son tour dans la pièce puis en s'approchant de leur chambre, Koda remarqua Jazz qui sortait de celle d'Amelyne.

— On n'est pas les seules à avoir passé un bon moment à ce que je vois, souffla Yolan, moqueuse.
— Tu t'es perdu ? plaisanta Koda, un sourcil relevé.

Le jeune garçon se retourna brusquement, terrifié d'avoir été pris sur le fait.

— C'est pas ce que vous croyez ! rougit ce dernier. Elle avait peur que le monsieur de la veille ne la suive dans sa chambre alors elle m'a demandé de veiller sur elle…
— Jazz le chevalier servant, pouffa la cadette, sous les yeux rieurs de la jeune cheffe.

Celui-ci soupira, excédé par les enfantillages de son amie et se dirigea vers sa chambre. Elle remarqua sa triste mine puis lui donna un coup de coude pour lui remonter le moral.

— Je suis contente pour toi, t'as assuré ! Tu n'as plus de raison d'être embarrassé à ses côtés, commenta-t-elle en passant une main dans ses cheveux.
— M… Merci, la remercia-t-il avec les yeux pétillants de gratitude. Je vais continuer ma nuit de sommeil moi, le matelas était trop étroit pour nous deux…

Il rentra finalement dans la chambre qu'il partageait avec le brun puis celle aux cheveux violets proposa à la plus jeune de descendre prendre le petit-déjeuner. Une fois en bas, elles virent les taverniers remettre de l'ordre dans la grande salle.

— Quel bazar… siffla la cheffe.

Koda vit la table sur laquelle elle était montée la veille et rougit légèrement.

— On pourrait les aider, proposa-t-elle.

Elles s'approchèrent de ceux qui nettoyaient et s'occupèrent de remettre les chaises et les quelques tables renversées debout.

— Merci beaucoup, fit le teneur du comptoir. Je vous offre le petit-déjeuner pour vous remercier !

Koda tapa dans ses mains pour exprimer l'impatience qu'elle avait de manger puis ils attendirent leurs œufs brouillés et leur café à une table.

— Alors, Yolan, dis-moi tout. Je suis curieuse de savoir ce que tu as pu raconter à la nouvelle depuis ces deux semaines entières !

— Je t'ai manqué ?

— Oui… Je te cache pas que je me suis sentie un peu délaissée…

— Heureusement que je me suis rattrapée aujourd'hui, fit-elle en lui donnant un clin d'œil et en posant sa main sur la sienne.

Koda lui sourit, étant du même avis que la violette.

— Et bien, j'ai appris qu'Amelyne et moi venions du même village, St Glasgow. Mais nos années de différence font que nous ne restions pas ensemble, petites.

— C'est où, St Glasgow ?

Le visage de Yolan s'assombrit.

— Tu te souviens du jour où j'ai perdu le contrôle… ?

Koda hocha la tête, heureuse qu'elle puisse évoquer à nouveau ce sujet. Elle savait qu'elle pouvait enfin avoir une réponse à sa question.

— C'est parce que nous surplombions la vallée où se trouvait ce village… Non loin de là, mes parents ont été assassinés. Aujourd'hui, le village est en ruines, ça ne m'étonne pas que tu ne le connaisses pas.

— Pourquoi est-il en ruines ?

— Il y avait beaucoup d'habitants aux yeux violets dans ce village, il a vite été décimé par la milice et les habitants l'ont vite délaissé.

— Je vois…

— D'autres questions ? demanda Yolan d'un air joyeux.

— Je veux tout savoir de toi ! Ta couleur préférée ?

La question laissa échapper un rire franc de la bouche de la cheffe.

— Le violet… Mais maintenant, je peux dire que c'est devenu le bleu… répondit-elle mélodieusement, en fixant les cheveux de la cadette.

Koda sentit quelques rougeurs lui parsemer les joues.

— Humm… Bonne réponse, fit-elle le sourire aux lèvres. Ton plat préféré ?

— Le poulet à l'orange de ta mère, définitivement.

La cadette rigola.

— Ta date de naissance exacte ?
— Le 24 mai 678, par conséquent. J'ai déjà eu le meilleur des cadeaux ce matin, sourit-elle.
— Ton animal préféré ?
— Je n'en ai jamais vraiment eu, mais si je devais en choisir un, je dirais le chien. Peut-être le loup, c'est ce qui nous ressemble le plus, loyal, fidèle à sa meute et solitaire…
— Je vais finir à court de questions là…

Yolan eut un hoquet de surprise et s'écarta un peu plus de la jeune fille.

— Qui es-tu et qu'as-tu fait à mon amie !

Koda ricana puis donna un coup de coude à la violette. Elle réfléchit cependant au terme « ami » et sembla ne pas être satisfaite de celui-ci.

— Est-ce qu'on peut toujours s'appeler « amies » ?

La jeune cheffe hésita un moment à la recherche de ses mots.

— C'est une évidence que nous sommes des amies et bien…
— Ah vous êtes là ! Je cherchais si l'un de nous était réveillé, commença la rose en s'approchant de leur table.
— Lyne ! s'exclama Koda.

— … plus encore, finit Yolan dans un soupir, à qui plus personne ne prêtait attention.

La jeune femme aux cheveux roses les observa et fut embarrassée lorsqu'elle remarqua que ses deux amies étaient en tête-à-tête.

— Je dérange, peut-être ?
— Non, pas du tout ! Installe-toi, lui répondit la plus jeune.
— Oui, un peu, murmura la cheffe visiblement frustrée.
— Vous avez déjà commandé ?
— Oui, mais tu peux toujours les interpeller aussi. Le petit-déjeuner nous est offert : on les a aidés à nettoyer le cataclysme d'hier !
— Oh, je vois ! C'est génial !

Ils attendirent encore cinq bonnes minutes et ce fut au tour du brun de les rejoindre. Vingt minutes plus tard et le dernier qui manquait à l'appel ne se fit pas attendre.

— Je voulais dormir mais au final l'odeur des œufs a provoqué un brouhaha dans mon estomac, se plaignit Jazz.

Sans plus attendre, la rose colla son siège au sien.

— Tiens, prends mon assiette !

Il n'eut même pas le temps de répondre qu'elle lui fourra sa fourchette dans la bouche. Elle le regarda mâcher sa nourriture amoureusement sous le regard interrogateur des autres membres. Il lui en fallut peu pour tomber sous le charme de l'orangé.

Quand tout le monde fut servi, quelques discussions accompagnèrent le repas.

— Vous parliez de quoi quand je suis arrivée ? demanda l'ancienne coiffeuse.
— Des préférences, par exemple, quel est votre animal préféré ! expliqua Koda.
— Oh… ! Moi je pense bien que c'est le raton laveur, réfléchit celle-ci.
— Moi c'est le chameau ! cria Jazz.

Sa réponse étonna ses amis.

— T'en as déjà vu ? demanda la cadette.
— Non, mais je suis sûr qu'ils sont très mignons, s'imagina-t-il.
— En tout cas, je suis sûre d'une chose… C'est que Rob adore les chats ! renchérit la plus jeune en tirant la langue. Surtout la petite Margot…

Le brun s'énerva et cogna la table de ses poings tandis que ses compagnons rigolèrent.

— Et qu'est-ce que ça peut faire ! s'exclama-t-il, gêné d'avoir été mis à nu.
— Les poules de M. Cate aussi, de ce que je me souviens, se moqua Yolan.

Cette fois-ci, le brun leur tourna le dos, plus que furieux.

— Je savais bien que t'avais un petit côté tout doux tout au fond de toi, ajouta Lyne avec bienveillance.

Cette remarque fit rougir le brun de gêne qui prit une cigarette et sortit de la taverne. Il fut bientôt rejoint par le groupe entier qui décida de partir pour continuer leur route.

Deux semaines plus tard, ils réussirent à franchir les frontières de l'arrière-pays sans avoir confronté de nouvelles turbulences. Koda restait bien plus souvent en compagnie de sa nouvelle amie, qui elle faisait tout pour rester avec le jeune garçon aux cheveux orange. Celui-ci n'arrivait pas à s'habituer à ce qu'elle lui tienne la main, ou à de nombreux autres contacts physiques.

— Et voilà, à partir d'ici, tu es libre de choisir ta propre direction. La ville la plus proche est à deux petits kilomètres à pied, à partir de là tu verras sans doute d'autres panneaux indiquant d'autres villages, si jamais tu ne veux pas t'y installer, lui détailla Yolan.

— Merci beaucoup, je ne sais pas comment vous remercier… ah bah si, la récompense !

Elle leur donna sa bourse et son regard parut attristé.

— Bon, et bien au revoir, je suppose…

Elle fit demi-tour et s'éloigna du quatuor. Les quatre amis regardèrent la bourse pleine puis Koda et Jazz coururent derrière elle et lui sautèrent dessus en sanglotant.

— Amelyne ! Tu vas nous manquer ! pleurèrent les deux jeunes adolescents.

Yolan et Rob restèrent en retrait, un sourire en coin, puis la jeune femme qui pleurait également les prit tous les quatre dans une étreinte collective.

Une fois leurs adieux émouvants partagés, la jeune femme s'en alla cette fois-ci le cœur léger, en déposant un doux baiser sur le front du plus jeune, qui s'évanouit de bonheur.

Le groupe allait se remettre en route, mais quand ils se retournèrent ils furent pris d'un mal étrange.

— On va vraiment devoir faire le chemin inverse, hein ? constata le brun, un sourire forcé.

Yolan et Koda parurent exténuées et se dirent que Jazz était chanceux de s'être évanoui avant d'avoir entendu la remarque.

✣✣✣

Un mois s'était écoulé depuis le départ de la rose. Ils avaient repris le même chemin qu'à l'aller par peur de retomber sur des miliciens malfaisants qui en auraient après leurs papiers. Cette fois-ci, ils prirent garde de ne pas séjourner dans la taverne, les mauvais souvenirs étant toujours trop récents pour le petit groupe.

Le plus malheureux était Jazz. Il s'était confié à propos d'Amelyne à Koda et regrettait de ne pas lui avoir avoué ses sentiments. Il se sentait toujours embarrassé quand elle voulait entreprendre un échange plus amoureux avec ce dernier, ce qui l'empêchait de se déclarer. Mais plus le temps passait, et plus le souvenir de leur amie lui envahissait l'esprit. Il lui arrivait quelquefois de se réveiller dans la nuit en pleurant son nom et avait toujours besoin de la bleue pour le consoler et l'aider à se rendormir.

Koda aussi était chagrinée par son départ. Elle se sentait plus à l'aise avec une nouvelle fille à ses côtés, seulement une fois qu'elle la connaissait un peu mieux. Mais elle était aussi heureuse d'avoir pu l'aider à vivre une nouvelle vie, sans trop de soucis. Ses talents en coiffure l'aideraient à retrouver du travail, Koda en était persuadée, mais l'adolescente espérait également qu'elle ne se sentirait pas trop bouleversée à l'idée de ne pas avoir quelqu'un avec qui fonder une famille.

La jeune fille aux cheveux bleus arriva enfin devant chez elle. Voilà presque trois mois qu'elle avait quitté son domicile ce qui la fit se sentir comme une inconnue devant son propre toit. Elle contempla chaque recoin : la peinture du mur effritée, la poussière des fenêtres, les quelques insectes qui virevoltaient autour des lampadaires extérieurs. Tout était à sa place et la fille ne pouvait que s'en réjouir. Yolan l'avait raccompagnée, seule. Les deux autres avaient continué leur route jusqu'à retrouver leur refuge à la cabane du lac.

La jeune cheffe poussa doucement Koda vers sa maison, pour lui donner le courage d'y entrer. Mais la jeune fille ne pouvait se résoudre à ce qui l'attendait à l'intérieur. Elle craignait de se retrouver face à son père après tout ce temps-là, ou pire, de se retrouver seule avec lui pour le restant de ses jours.

— Ils t'attendent, déclara la violette solennellement.
— Mais… et s'il n'y a personne à l'intérieur finalement… ?
— Je serai là, moi.

Koda ne put qu'acquiescer puis se décida à entrer chez elle.

— Bonsoir, dit-elle d'une faible voix.

Elle entendit la porte de la cuisine s'ouvrir dans un fracas à l'étage. Elle vit sa mère amaigrie en haut des escaliers, qui laissa tomber la louche qu'elle tenait dans sa main quand elle croisa son regard. Elle se frotta les yeux comme pour vérifier qu'elle ne rêvait pas.

— Ma fille… ! Tu es revenue !

Elle se jeta dans ses bras et les deux femmes ne purent s'empêcher de laisser couler quelques larmes. Mme Gwyneth prit le visage de sa cadette entre ses mains puis la contempla longuement, le regard brouillé de larmes.
— Qu'est-ce que t'es belle, ma chérie ! Te voilà une vraie femme maintenant, sourit sa mère.

La jeune fille portait le chemisier que la rose lui avait offert un mois auparavant, clamant qu'il lui allait mieux qu'à elle.

— C'est le souvenir d'une amie, eh eh, dit-elle en s'essuyant une larme. Papa est là ?

Le visage de sa mère s'obscurcit.

— Ça fait un mois qu'il séjourne à l'hôpital, son état ne fait qu'empirer…
— Je pourrais lui rendre visite ?

Sa mère la regarda d'un air accablé, puis attendit de longues secondes avant de souffler avec chagrin.

— Ah, je vois, il ne veut plus me voir c'est ça… ?
— Il vaut mieux pour toi, si tu veux mon avis, répondit-elle.

Koda soupira fortement.

— Il est dehors ? demanda sa mère pour changer de conversation.

Sa fille hocha la tête en guise de réponse, à la suite de laquelle elle se rua à l'extérieur. Sans qu'elle s'y attende, Mme Gwyneth prit la violette dans ses bras.

— Merci de me l'avoir ramenée, Yolan.
— Je vous l'avais promis, répondit la jeune cheffe dans un sourire.
— Tu devrais passer la nuit ici, il se fait déjà tard. J'ai préparé du poulet à l'orange si vous avez faim, allez, entre, entre, ordonna Cassie.

La jeune femme ne pouvait refuser, elle qui fut prise d'une telle manière par les sentiments. Koda, heureuse de la revoir chez elle, lui prit la main et la regarda avec beaucoup d'affection.

Lorsque le dîner fut terminé, elles allèrent se coucher, épuisées de leur périple. Yolan éteignit les lumières, et embrassa tendrement la plus jeune.

— Bonne nuit, Koda.

Cette dernière ne put que s'envelopper dans les bras de sa bien-aimée et trouva définitivement le sommeil.

✣✣✣

Le mois d'octobre arriva bien plus vite que prévu. Koda avait passé tout l'été à préparer de nouvelles chorégraphies afin de s'entraîner aux auditions de l'académie. Elle se sentait fin prête à réaliser son rêve.

L'adolescente avait quelque peu délaissé le groupe d'épéistes, les laissant s'entraîner durement pour le tournoi. Elle avait compris qu'ils étaient à court de temps, principalement à cause de la mission de deux mois. Elle allait toujours leur amener des repas quand elle leur rendait visite et les avait invités plus d'une fois à dormir à la maison, maintenant que son père n'y était plus. Yolan n'accordait que très peu d'attention à la plus jeune, complètement focalisée sur sa passion. Néanmoins, il lui arrivait de la consulter et de se confier à propos de ses craintes et désirs.

Ce jour-là, Koda arriva en courant vers la cheffe, l'air euphorique.

— Yolan, tu ne devineras jamais !

La cheffe se retourna, heureuse de voir la plus jeune face à elle.

— Mon père est décédé !

Le visage de celle aux cheveux violets se décomposa.

— Euh, Koda, tu es sûre que ça va ?
— Oui, enfin non c'est pas la véritable bonne nouvelle, mais on déménage demain avec ma mère à Royal Town ! Je n'ai plus besoin de vous accompagner, vous pourrez garder l'argent de mon inscription, dit-elle dans un sourire.

Yolan eut du mal à encaisser la nouvelle. Elle ne s'attendait pas à un départ aussi brutal de la cadette.

— Donc, à partir de demain, on ne se verra plus ?
— Oui, mais ce ne sera pas très long ! On se reverra lors du festival, comme prévu. Il y a un problème ?
— Désolé, j'aimerais être heureuse pour toi mais je n'y arrive bizarrement pas… J'étais bien trop habituée à ta présence, et te savoir loin me brise le cœur.
— Tu me verras la semaine d'après, ne t'en fais pas ! Je dois m'occuper de ma mère, elle est très affaiblie depuis la nouvelle… Et puis, j'aimerais assister à vos matchs !
— Non, surtout pas, c'est bien trop violent.
— Alors, passons notre dernière nuit ensemble !

La jeune cheffe sourit d'un air mélancolique. Elle sentait que cette nuit serait la dernière.

La nuit tombée, Yolan partit pour la maison de son amie une fois son entraînement fini. Elle toqua à sa porte, et quand la jeune fille lui ouvrit, elle se jeta sur ses lèvres. Koda fut surprise mais aussi délicatement excitée. Elles s'enfermèrent dans la chambre, se déshabillèrent et se donnèrent à de multiples caresses et baisers sur le lit moelleux de la plus jeune. Leurs ébats signaient la fin d'une époque et le commencement d'une nouvelle vie.

— Dis Yolan… commença la cadette, une fois qu'elles eurent atteint le summum de l'extase.
— Oui ? haleta la plus âgée.
— Est-ce que notre relation se terminera une fois nos rêves accomplis ?
— Tu plaisantes ! Bien sûr que non… Elle ne sera que le début d'une longue histoire.

Koda fut rassurée et plongea dans les bras de son amante.

— Je t'aime, Yolan.

Cette dernière écarquilla les yeux, heureuse d'entendre ces mots de la bouche de la bleue.

— Moi aussi je t'aime, répondit-elle dans un murmure.

Cependant, elle ignorait que la jeune fille s'était déjà endormie.

Chapitre 16
Royal Town (fin)

Le lendemain matin, la jeune fille se réveilla mais fut bouleversée de ne pas sentir la jeune femme aux cheveux violets à ses côtés. Ses draps encore chauds laissaient penser qu'elle n'était partie que quelques minutes plus tôt avant son réveil. Elle entendit sa mère toquer à la porte.

— Koda ? T'es prête, chérie ? Je peux entrer ?

La jeune fille sursauta et se mit à paniquer. Elle était complètement nue après les évènements de la veille et la chaleur des corps qui avait monté la température de la pièce obligea l'adolescente à ouvrir les fenêtres.

— Surtout pas ! Attends cinq minutes !
— Je vais préparer le petit-déjeuner alors, dépêche-toi, on partira tout de suite après !

La jeune fille attendit que sa mère s'éloignât suffisamment pour sortir de la chambre et courir sous la douche. Elle rejoignit la cuisine une fois qu'elle fut habillée puis engloutit son repas. Elle prit tous ses vêtements dans plusieurs sacs et prit avec elle les objets qui lui étaient nécessaires, comme l'épée en bois dont elle ne se séparait plus.

Sa mère s'était déjà occupée du rangement et emporta seulement les meubles les plus pratiques à transporter. Une fois sorties de la maison, elle ferma la porte à clef puis les deux femmes contemplèrent la bâtisse durant quelques minutes, qui affichait cette fois-ci la pancarte « à vendre ». Koda essuya une larme qui vint lui piquer les yeux. Elle y avait vécu des souvenirs malheureux, mais aussi agréables, en compagnie de sa sœur. Mais surtout, si elle n'y avait pas vécu, elle n'aurait jamais rencontré l'adorable trio. Elle se souvint de leur rencontre comme si ce fut la veille et ne put réprimer un sentiment de nostalgie quand elle pensa à ses amis. Néanmoins, comme l'avait dit Yolan, il ne s'agissait pas d'une fin, mais d'un nouveau commencement.

Son chapeau de paille maintenu fermement sur la tête, elle laissa la brise lui souffler dans les cheveux. Elles avaient tout chargé dans la carriole puis avaient pris la route de la capitale. Elles allaient séjourner chez la tante de Koda, Magali, qui leur avait proposé de partager leur toit jusqu'à ce que des acheteurs potentiels acquissent leur maison.

Trois heures de route s'écoulèrent puis elles entrèrent enfin dans la ville. Les portes de la capitale étaient si immenses qu'elles avaient l'impression d'être dans une véritable forteresse. Elles n'avaient jamais vu de personnes aussi différentes les unes des autres : il y avait des personnes à la peau foncée, d'autres avec des cheveux de couleur inconnue de la plus jeune, et parfois elles purent voir une ou deux personnes aux yeux violets. Koda restait ébahie devant toute cette diversité phénoménale.

Les rues pavées et bondées de monde avaient été décorées pour le festival. Des bannières colorées flottaient partout accrochées plus en hauteur dans les murs. Au loin, la jeune fille fut excitée de voir le Colisée trôner au centre de la ville comme un véritable monument. Il était orné de plusieurs torches qui devaient le rendre encore plus imposant à la nuit tombée. Elle remarqua plusieurs stands vides le long des rues, ce qui lui rappela le festival du printemps de Little Beast. Elle aurait voulu être accompagnée de ses trois amis pour partager ces souvenirs heureux.

— On est arrivées, c'est ici normalement, dit Mme Gwyneth à l'attention de sa fille.

Koda se hâta de sonner à la porte d'entrée et fut enchantée de revoir sa tante maternelle qu'elle n'avait pas revue depuis au moins l'anniversaire de ses dix ans. Elles n'avaient pas souvent l'occasion de se voir, en raison du temps de trajet qui séparait les deux villes.

— Koda ! Quelle belle femme tu es devenue, s'enthousiasma-t-elle à la vue de sa nièce qui portait une jolie longue robe.

Elles se prirent dans les bras puis sa tante ramena Mme Gwyneth dans leur étreinte.

— Cassie, comment vas-tu ? Toutes mes condoléances, dit-elle tristement à sa sœur aînée.

Une ombre de chagrin passa dans son regard puis elle haussa simplement les épaules.

— Entrez, je vous en prie ! Je vous ai préparé une tarte aux poireaux, ma spécialité.

Elles saluèrent son mari puis prirent leur déjeuner avec grand appétit.

— J'ai appris que Noji allait devenir maman ! Dans combien de temps va-t-elle nous présenter sa petite merveille ?

— Dans un petit mois seulement ! Son accouchement est prévu pour novembre, répondit la mère.

— Oh, qu'est-ce que j'ai hâte de découvrir sa petite bouille… ! s'extasia Magali. Et toi Koda, as-tu hâte de devenir tata ?

— Oui ! J'en peux plus d'attendre !

— Tu as bien raison, c'est le plus beau sentiment qui puisse exister, répondit sa tante en lui donnant un clin d'œil. Et les amours, comment se passent-ils ? J'ai entendu dire que les De la Tour étaient passés chez vous à la recherche d'une épouse pour le cadet ?

Koda s'étouffa avec sa fourchette et sa mère se dépêcha de lui tapoter le dos.

— Magali !

— Oh désolé, je ne savais pas que c'était un sujet sensible… ! Cette famille de bourges je vous jure, on n'entend qu'eux par ici… Heureusement que tu n'as pas accepté de prendre sa main, souffla-t-elle.

— Sache que ma fille a trouvé un très beau jeune homme, j'ai hâte d'assister à leur union !

La plus jeune se prit la tête dans les mains pour cacher les nombreuses rougeurs qui lui étaient apparues. Elle faillit corriger sa mère sur le terme jeune homme mais ne dit rien, se souvenant qu'une relation entre deux personnes du même sexe pouvait être punie par la loi.

— Il s'appelle Yolan, ajouta l'adolescente ayant repris le dessus sur ses émotions.

— Oh, alors ça, c'est une très bonne nouvelle ! Je suis impatiente de le rencontrer dans ce cas !

Koda sourit à sa tante mais ne savait pas si la violette était apte à rencontrer un autre membre de sa famille. Cependant, elle savait bien qu'elle serait obligée de la présenter à la famille entière une fois qu'elles seraient officiellement en couple, après la fin du tournoi.

— Si vous êtes pressées de trouver un nouveau foyer, il y a une petite maison en vente à deux rues d'ici. C'est vraiment le moins cher qu'on puisse trouver. Bien sûr, vous pouvez rester autant de temps que nécessaire, vous serez toujours les bienvenues chez nous !

— Je te remercie Maggie, reprit Mme Gwyneth. Mais nous attendons un retour des acheteurs pour avoir une entrée d'argent, même si j'ai déjà de bonnes économies derrière moi.
— Si l'argent est un problème, Koda peut demander du travail au café Bowine ! C'est le café de la porte d'à côté, le propriétaire est un sucre en plus qu'il soit très charmant ! s'enthousiasma-t-elle.

Son mari toussa légèrement pour faire remarquer sa présence.

— Pas plus que toi Miguel, tu le sais bien, le rassura sa tante. Je lui ai parlé récemment et il cherchait à engager un nouveau serveur. Si tu y tiens Koda, tu peux y jeter un œil !

La jeune fille acquiesça, contente de pouvoir trouver un intermédiaire pour aider sa mère financièrement. Elles discutèrent encore un peu, Koda dévoilant son but d'intégrer la Royal Academy à sa tante, puis Cassie alla chercher les fleurs, fruits et légumes qu'elles avaient récoltés avant de quitter leur domicile. Elle en offrit la plupart à sa sœur cadette puis en garda d'autres au frais.

L'adolescente profita de cette pause pour sortir se balader en ville et se familiariser avec le paysage urbain. Elle passa au café Bowine sur le chemin du retour, puis lorsqu'elle entra, une sonnette accrochée à la porte retentit.

Elle vit un homme de dos, à la silhouette grande et élancée, sécher quelques verres au comptoir. Elle remarqua qu'il avait des cheveux châtains attachés en chignon, et une écharpe blanche autour du cou. Il se retourna quand il prit conscience de la sonnette, et fut délicatement surpris de se retrouver face à une si jeune fille.

Quant à elle, Koda fut frappée par la beauté du jeune homme. Il avait une légère barbe et moustache et ses yeux jaunes contrastaient avec son teint mat. Elle fut étonnée de voir ce qu'elle pensait être une écharpe blanche bouger et ouvrir des yeux aussi noirs qu'une nuit sans lune. Il s'agissait non d'un accessoire mais d'une véritable hermine.

— Elle est si mignonne ! s'extasia la plus jeune en s'approchant de celle-ci.

— Elle s'appelle Titane, dit-il dans un sourire en tendant sa main pour la faire descendre.

Celle-ci dévala son bras pour prendre appui sur la main du jeune homme, et pointa son nez pour renifler la main de Koda. L'adolescente tendit sa main et l'animal lui grimpa à son tour sur son épaule. Ses moustaches frôlèrent le visage de la jeune fille, ce qui la fit glousser.

— Ça chatouille !

— Elle a l'air de bien t'aimer, continua le jeune homme d'un sourire bienveillant. Qu'est-ce qui t'amène ici ? Le café n'est pas encore ouvert, on est en pause déjeuner. Tu es nouvelle dans la ville, non ?

— Je cherchais le propriétaire du café ! Et oui, on vient d'emménager, ma tante a dit que je pouvais trouver un emploi ici !

— Eh bien, tu l'as devant toi ! Je m'appelle Bowie, mais tout le monde m'appelle Bow. Ta tante ne serait pas Mme Pasquier ? Je reconnais bien l'air de famille, dit-il en pointant ses yeux.

Koda comprit sur-le-champ ce que voulait dire sa tante quand elle disait trouver le propriétaire très charmant.

— Si, c'est bien elle, sourit la jeune fille à son tour.
— Quel âge as-tu ?
— Quatorze ans… soupira-t-elle.
— Un peu jeune… Et ton nom ?
— Koda Gwyneth.
— J'ai peur qu'une serveuse de quatorze ans ne puisse pas gérer le comportement parfois violent des clients… Convaincs-moi.
— Je maîtrise le combat à l'épée si besoin et j'ai déjà assisté à une bagarre générale dans une taverne… J'y ai survécu, dit-elle en haussant les épaules.

Le patron du café ne put s'empêcher de rire.

— En tout cas, tu es drôle et tu as l'air d'avoir du vécu, reprit-il. Tu peux faire un essai pour la semaine puis on continuera ensemble si tout se passe bien. Tu recevras 280 couronnes en fin de mois, soit 70 couronnes la semaine.

— Super ! Je commence quand ?
— Dès ce soir ! J'aurais besoin de toi tous les jours à 20 h, c'est là où on commence à avoir le plus de monde, lui répondit-il. Jusqu'à quatre heures du matin, par contre.
— Très bien, à ce soir Bowie !

— À plus tard, Koda, ravi d'avoir fait ta connaissance !

La jeune fille lui rendit Titane qui ne semblait pas vouloir se déloger de son épaule et partit, satisfaite d'avoir pu trouver un travail.

✣✣✣

— Une grenadine pour madame et une boisson spiritueuse pour monsieur, déclara la jeune fille d'une voix guillerette.

Cela faisait une semaine qu'elle et sa mère étaient arrivées à la capitale. Le café était bondé de plus en plus tôt en vue du festival qui allait débuter le lendemain. Bowie était fier de Koda, qui se débrouillait avec les clients, même avec les plus difficiles d'entre eux.

L'adolescente et lui s'étaient liés d'une forte amitié durant cette semaine passée ensemble. Il était curieux à propos du combat à l'épée évoqué par celle-ci et voulait surtout en apprendre plus sur la bagarre de la taverne. Koda lui avait alors tout expliqué depuis le début, sa rencontre avec les mercenaires puis son initiation à l'épée sans oublier les différentes missions auxquelles elle avait eu le bonheur d'assister. Même si elle ne le connaissait que depuis très peu, elle savait qu'elle pouvait lui faire confiance. Il lui posait également des questions sur sa vie à la campagne et elle lui raconta avec grand plaisir toutes les journées vécues auprès de sa sœur aînée, qui attendait un enfant.

Koda, quant à elle, avait aussi appris des choses importantes sur son patron et ami, surtout concernant ses relations amoureuses. Cela se fit involontairement, quand Koda avait oublié sa veste un soir dans le petit café. En retournant à l'intérieur pour la récupérer, elle avait surpris Bowie en compagnie d'une jeune femme. La bleue s'était excusée plusieurs fois de les avoir dérangés et d'être entrée dans la vie intime de son employeur sans son autorisation. Le propriétaire du café lui avait demandé de s'installer, lui avait servi un thé et en avait profité pour lui présenter sa petite-amie. Koda l'avait reconnue, c'était Paola, une cliente régulière plutôt mignonne qui cherchait toujours le regard du beau brun quand elle venait. Cette nuit-là, la jeune fille avait compris le réel sens derrière ces regards. Elle fut encouragée par son supérieur à lui partager également sa vie amoureuse, mais la jeune adolescente ne voulait pas ramener l'attention sur elle, et encore moins sur son couple d'une originalité qui ne pouvait plaire à tout le monde.

Le lendemain, le festival battait son plein. Toutes les rues étaient si bondées qu'il devenait compliqué de se repérer parmi la foule. Les stands travaillaient à plein régime, et servaient de nombreuses sucreries ou d'autres repas rapides. L'odeur émanant de ces derniers était si intense qu'elle lui mettait l'eau à la bouche. Cela lui fit penser à Jazz qu'elle avait hâte de revoir. L'adolescente avait deux tâches à mener à bien dans la journée. Elle devait d'abord s'inscrire aux auditions de l'académie puis elle passerait vérifier les inscriptions au tournoi du Colisée, pour revoir ses chers amis.

Devant le stand de la Royal Academy, elle vit une file d'attente qui se prolongeait sur toute la rue. Des filles de tout âge s'y trouvaient, ce qui la fit angoisser. Elle attendit une demi-heure et trouva le temps extrêmement long. Sans qu'elle s'y attende, elle sentit une main se glisser dans la sienne.

— Paniquée ?

Le visage de Koda rayonna quand elle reconnut Yolan. Elle était accompagnée de Jazz et Rob qui la saluèrent avec enthousiasme pour l'un et avec simplicité pour l'autre. L'adolescente embrassa la cheffe sur la joue et prit les deux autres dans ses bras.

— Je suis si heureuse de vous voir ! Je comptais passer vous dire bonjour au Colisée, vous vous êtes déjà inscrits ?
— Oui, on commence notre premier match ce soir, dit la jeune cheffe.
— On peut se retrouver après et profiter des festivités ensuite ? demanda l'orangé.
— Pas ce soir, je suis désolée. Je travaille comme serveuse au café Bowine !

Les trois compagnons la regardèrent, surpris.

— Je dois gagner de l'argent pour aider ma mère à acheter notre prochaine maison, mais on l'aura dans pas très longtemps, on a enfin eu des acheteurs intéressés.
— Je suis fière de toi, fit Yolan en lui embrassant la tempe.

La jeune fille la regarda avec beaucoup d'amour jusqu'à se perdre dans ce regard d'un gris envoûtant. La dernière nuit passée dans ses bras lui revint en tête et elle voulut revivre un échange aussi intense que cette nuit-là.

— Personne suivante ! appela la gérante des inscriptions.
— Bonjour madame, je voudrais m'inscrire aux auditions, dit simplement Koda.
— Oui, vous avez le formulaire complet signé par vos tuteurs et accompagné des cinquante couronnes ?

La jeune fille fit non de la tête et la dame lui tendit une feuille.

— Essayez de me ramener le dossier avant dix-neuf heures. Personne suivante !

Koda s'écarta de la file, ennuyée.

— On a de l'argent si tu as besoin, fit la violette.
— Non, surtout pas ! Je vais passer voir Bowie pour lui demander ma paye en avance… Bon, je file. Bonne chance les amis et battez-les tous ! les encouragea-t-elle. Demain 18 h, ça vous va ? On pourra faire un tour au festival !
— Oui, super ! s'enthousiasma Jazz.

Elle s'approcha de la cheffe et lui déposa un bref baiser sur ses lèvres, puis elle fit un signe de la main à ses deux autres compagnons.

Elle arriva au café puis vit Bowie assis à une table, les lunettes sur le nez qui lisait le journal, une cigarette dans une main et de l'autre il caressait le ventre de Titane, allongée sur la table.

— C'est pas vrai, ils vont encore augmenter les taxes d'habitation !
— Euh, coucou Bow ! Je dérange ?

— Pas du tout ma petite Koda, que me vaut le plaisir de cette visite ?

— Ça paraît un peu osé puisque ça ne fait qu'une semaine que je travaille ici, mais est-ce que je pourrais te demander une avance sur ma paye ?

— Ta paye du mois ? J'aurais pas assez, j'ai dû passer de nouvelles commandes pour le bar…

— Je t'aurais juste demandé la semaine, mais si c'est pas possible tant pis, je me débrouillerai. Je n'étais pas au courant que les auditions de la Royal Academy n'étaient pas gratuites.

— Je vois, si ce n'est que 70 couronnes qu'il te faut je peux t'aider.

Il se leva et consulta sa caisse. Puis, il tendit sa main à la jeune fille qui attendait patiemment.

— Merci Bowie, t'es le meilleur ! À ce soir !

Le jeune homme pouffa puis la regarda partir à toute vitesse. Titane elle fut attristée de ne pas avoir eu de caresses de la bleue. Mais comme si elle avait lu dans ses pensées, la jeune fille revint et lui tapota la tête.

— Toi aussi t'es la meilleure Titane, je te vois plus tard !

Puis elle repartit enfin à la recherche de sa mère pour lui compléter son dossier et retourna au guichet d'inscription avant sa fermeture. Les auditions se déroulaient le lendemain dans la matinée, et cinq jours plus tard les résultats seraient affichés.

⁂

C'était bientôt au tour de Koda de présenter sa chorégraphie, élaborée avec soin tout l'été. Celle-ci contorsionnait quelques mèches autour de son doigt, geste qui montrait son angoisse. Elle savait que cela ne pouvait que bien se passer car elle s'y était longuement préparée. Mais elle ne pouvait s'empêcher d'être préoccupée pour des broutilles. Derrière le rideau, en attendant la fin de la prestation précédente, Koda entendit l'orchestre s'arrêter brutalement puis attendit des applaudissements qui ne vinrent pas. Elle était pourtant persuadée d'en avoir entendu précédemment. Ceci la fit paniquer un peu plus.

— Candidate suivante !

Koda se présenta brièvement. Elle observa sa tenue qui la fit se sentir radieuse. Elle avait un cache-cœur noir assorti à une jupe très longue et fendue. Quand la musique démarra, elle commença à réaliser sa chorégraphie. Cependant, elle fut vite surprise de ne plus suivre ce qu'elle avait appris mais de se laisser porter au gré du rythme doux et apaisant qui venait. Elle fit des sauts spectaculaires, d'une technique précise, atterrissait au sol puis enchaînait avec des roulades et des remontées gracieuses. Ses déhanchés étaient puissants et claquaient en synchronie parfaite avec les notes. Elle laissait parler toute sa passion pour elle, et voulait communiquer à travers ses mouvements une partie de ses aventures qu'elle avait passée auprès de Yolan mais aussi des autres.

La musique s'arrêta et elle tomba légèrement sur un genou, le poing au sol. Elle ouvrit finalement les yeux et vit les deux jurys stupéfaits devant elle. Elle repartit dans un silence tranchant, les larmes aux yeux, puis entendit finalement des applaudissements, lents mais audibles. Elle se retourna et vit les deux jurys debout, lui souriant.

Koda repartit cette fois le cœur plus léger.

Elle courut par la suite raconter son expérience à sa famille, puis à Bowie et attendit toute la journée pour en parler à ses trois amis. Le soir venu, elle se précipita dehors et courut jusqu'au centre de la ville où elle avait rendez-vous avec ses compagnons. Elle se heurta à quelqu'un et quand elle voulut s'excuser, la personne lui prit le poignet et la ramena vers elle.

— Faites attention, mademoiselle, vous allez finir par vous blesser, plaisanta la jeune cheffe.

Koda se jeta sur ses lèvres, plus que comblée de la revoir et lui sourit de toutes ses dents.

— Tu as l'air de bonne humeur, ça s'est bien passé ?

— Oui mais vous d'abord ! Ce premier tour ? Comment ça s'est terminé ?

— Yolan a fait un carnage, rigola le jeune garçon qui arrivait avec le brun.

— Ce n'étaient pas les matchs en groupe aujourd'hui, seulement les chefs de chaque équipe, reprit Rob.

Jazz hocha la tête puis se mit à rire.

— Il y a 500 participants au total, c'est énorme ! On est tous divisés en faction de cent combattants et sur les cinq premiers jours, chaque bloc se bat pour garder les dix meilleurs chefs d'équipe. Le match avait à peine commencé que Yolan avait déjà mis cinquante personnes à terre rien qu'avec son aura. Après quelques coups d'épée, ce fut une vingtaine d'autres qui battirent en retraite. Il a déjà commencé à se faire un nom là-bas !

Ça, c'est ma Yolan, pensa fortement Koda.

— Je n'en doutais pas, fit l'adolescente en prenant sa bien-aimée dans les bras.

— J'ai hâte de pouvoir montrer aux équipes restantes de quel bois on se chauffe, déclara Rob le visage sombre.

— Quand sont les matchs à trois ?

— Samedi soir, répondit-il.

— J'aurai les résultats de l'audition ce jour-là !

Elle se mit à leur raconter les détails de son passage de la matinée puis une fois les nouvelles à jour, le petit groupe se promena dans les rues de la ville. Koda et Yolan s'offrirent des pommes d'amour tandis que Jazz se régalait avec une barbe à papa, et le brun avait trouvé son bonheur avec une choppe de cidre chaud.

La jeune fille aurait voulu rester plus longtemps mais son travail la força à les quitter. Elle avait du mal à résister au manque de la chaleur du corps de sa partenaire, mais les deux jeunes femmes n'avaient ni l'endroit pour ni le temps entre le travail de la cadette et les entraînements de la plus âgée.

Elles continuèrent cependant à se voir jusqu'au vendredi soir pendant leur temps libre puis la cadette rentra chez elle, impatiente de connaître l'issue des résultats de l'audition.

✣✣✣

Le trio se préparait pour son match. Tout se passait bien, les trois partenaires avaient même la chance d'être acclamés par le public qui admirait énormément la capitaine. Yolan utilisa son aura mais ceci n'avait pas beaucoup d'effet sur les autres équipes dont le niveau était plus élevé. Néanmoins, quatre équipes entières se mirent à chanceler, alors elle coupla la force de son aura à son champ énergétique et les douze combattants tombèrent à terre. Le match continua un bout de temps, jusqu'à ce que la cheffe vît le brun transpercer de son épée un de leurs adversaires. Il avait bravé la seule interdiction que la violette leur avait imposée.

— Rob ! Non ! cria-t-elle en se dirigeant vers lui.

Ce moment d'inattention valut très cher à Yolan qui ne se rendit pas tout de suite compte de la gravité de la situation dans laquelle elle se trouvait.

Il était vingt heures passées. La jeune fille aux cheveux bleus courut jusqu'au centre-ville pour apercevoir les résultats. Elle perdit patience quand elle ne trouvait pas son nom parmi les cinquante affichés, jusqu'à ce qu'elle le vît. Koda Gwyneth était admise au sein de l'académie. Elle n'y revenait pas et se laissa du temps pour assimiler ses émotions. Elle était bien évidemment heureuse, mais aussi fière et pressée de partager la bonne nouvelle à tous ses proches. Elle se dépêcha de se rendre au café, où Bowie l'attendait déjà à son poste.

— Bow ! Je l'ai eue ! Je suis admise à l'académie !

Il fut si content pour elle qu'il la prit dans ses bras et la fit voler dans les airs.

— Ma serveuse est une championne, ma serveuse est une championne, chantonna-t-il un sourire béat sur les lèvres.

— Bravo, Koda, applaudirent quelques clients qui s'étaient familiarisés avec la plus jeune.

Cette dernière les remercia et commença alors son service.

Il était maintenant presque dix heures et elle se demanda comment ses amis se débrouillaient de leur côté. Elle avait hâte d'annoncer sa nouvelle à la violette et était même capable de plonger dans son lit à la fin de son travail pour fêter sa victoire comme il se devait. Cette idée lui donna quelques rougeurs puis elle entendit la clochette retentir.

Quelques clients venaient d'arriver en masse, assez bruyants, comme s'ils venaient d'assister à un phénomène.

— Ils doivent sortir du Colisée pour être si dynamiques, fit remarquer Bowie.

Un autre client arriva et s'installa à la seule place disponible du comptoir. Koda fut subjuguée par son charme et son style vestimentaire. Elle ne l'avait jamais vu auparavant car si elle l'avait déjà croisé, elle s'en serait souvenue.

Il portait un long manteau sombre par-dessus un pull en laine clair. Ses grosses bottes contrastaient avec son pantalon serré, mais ce qu'elle appréciait le plus chez lui était sa longue chevelure blanche, lâchée, nuançant le délicat bronzage de sa peau. Une fine tresse lui dépassait derrière l'oreille, et une mèche rebelle lui couvrait une partie de son œil droit. Ses yeux étaient d'une couleur sombre qui lui donnait un air plus mystérieux.

Elle reporta son attention sur la discussion de la foule qui venait d'arriver, car s'ils venaient du Colisée ils devaient forcément avoir assisté au match du trio favori.

— Mais qui s'attendait à ce coup-là ! dit l'un.
— Un véritable coup de théâtre ! cria un autre.
— On n'a jamais vu ça de toute l'histoire de l'humanité !
— Qui aurait pu deviner que le combattant favori était en fait une femme ! rigola un autre.

Le sang de Koda ne fit qu'un tour.

— Quoi ? hurla-t-elle à l'attention du groupe d'hommes.

Ces derniers la dévisagèrent et se mirent à rire un peu plus fort.

— Hé, encore plus bizarre, une fillette intéressée par les combats du Colisée !

Les éclats de rire se firent de plus en plus intenses. Ceci énerva Koda qui empoigna le col de la chemise de l'homme qui était tranquillement assis.

— Koda ! interpella son patron pour la calmer.

— Tu ne veux pas que je me fasse répéter alors tu vas me dire ce que vous avez vu exactement, reprit-elle.

Le ton sérieux et menaçant de la plus jeune le fit bégayer. Ils lui racontèrent tout depuis le début. Comment elle avait réussi à mettre les douze candidats au sol puis comment elle fut déconcentrée par le brun quand il tua son adversaire. Koda fut à la fois choquée et très énervée contre Rob qui savait mieux que quiconque que Yolan aurait préféré déclarer forfait que tuer l'un des participants.

— Son moment d'inattention l'a empêchée d'arrêter le coup qui lui a tranché net ses vêtements, sans qu'elle s'en rende compte, continua l'homme. Toute la foule fut étonnée de voir qu'une force si démesurée provenait d'une femme !

— Ils devraient regarder sous la ceinture lors des prochaines inscriptions avant de prendre n'importe qui, siffla un autre.

— C'est vraiment une insulte à l'histoire du Colisée…

— C'est sûr ! Quelle honte d'avoir laissé une femme polluer le terrain, laissez faire les hommes nom de Dieu !

L'adolescente crut défaillir. Elle voulut leur crier qu'ils n'auraient pas fait mieux qu'elle sur la scène mais remarqua que tous les regards étaient déjà braqués sur cette dernière. Elle sentit son cœur accélérer d'une telle vitesse qu'elle crut qu'il allait bondir hors de sa poitrine. Un bruit de verre brisé la rappela à la réalité. Elle se retourna et aperçut le jeune homme aux cheveux blancs qui avait le poing refermé sur le verre qu'il venait de rompre.

— Khaal, reprends-toi, dit le patron du café légèrement gêné.
— Vous êtes ridicules, murmura-t-il une fois que tous les regards s'étaient tournés vers lui. Vous ne ferez jamais mieux de toute votre vie que la puissance dont elle a fait preuve sur le terrain !

Cette phrase fut criée avec toute la frustration qui émanait du jeune homme. Titane se réfugia dans la manche de son maître et Koda regarda attentivement l'homme qui prenait la défense de son amie.

— Pourquoi vous n'êtes jamais satisfaits quand une personne est simplement différente de vous… ? Vous me donnez la gerbe.

La jeune fille sentit l'atmosphère beaucoup plus pesante quand le jeune homme acheva sa phrase.

— Si c'était un homme, vous auriez tous fermé vos gueules et vous l'auriez idolâtré comme une bonne grosse bande de suceurs de queues.

Celle aux cheveux azur fut outrée du langage grossier et prenant de celui aux cheveux blancs qui extériorisait toute sa rage.

— Il cherche la bagarre le gosse ? demanda l'un des hommes.
— Le moindre coup qui part et je mets tout le monde dehors, asséna Bowie, d'un regard mauvais.
— De toute manière, forte ou non, elle sera pendue demain pour avoir enfreint le règlement, déclara un troisième.

Koda crut sombrer au fin fond d'elle. Son cœur s'arrêta de battre pendant un instant. Elle le sentit se décomposer puis il se mit à battre bien trop rapidement.

— J'ai des nouvelles ! Vous allez pas me croire !

Tout le monde se tourna vers le nain qui venait d'entrer dans le café.

— Oh, c'est Joe ! fit le groupe d'hommes
— La femme du Colisée est le fugitif d'il y a quatre ans ! Elle avait été condamnée pour meurtre et elle est l'un des yeux violets !

C'était la fin. Koda le savait. Elle s'évanouit sans crier gare mais n'eut pas le temps de heurter le sol : des bras musclés la rattrapèrent.

Elle se réveilla un quart d'heure plus tard. Le café était vide, ce qui l'a surprise de prime abord.

— J'ai viré tous les clients pour te donner de l'air. Tu as fait une crise d'angoisse, je me suis vachement inquiété. Comment tu te sens ?

Elle voulut lui répondre que la lumière lui agressait les yeux et qu'elle avait l'impression que son cerveau était réduit en bouillie mais seul un sanglot resta coincé dans sa gorge. Sans prévenir, elle pleura tout son saoul sous le regard incompréhensif du châtain. Elle ne put s'arrêter qu'au bout d'une vingtaine de minutes. La vérité venait de lui donner un coup, elle savait qu'elle avait perdu son âme sœur, avec qui elle n'avait qu'une envie de fonder un foyer plein de bonheur.

— Tiens, hydrate-toi, fit le patron fumant une cigarette et lui tendant un verre d'eau. T'as dû te vider de ton eau avec toutes ces larmes.
— La femme dont ils parlaient était l'amour de ma vie.

Bowie ne répondit rien, s'arrêta dans son mouvement et prit la plus jeune dans ses bras. Il la serra fortement quitte à ce qu'elle ne puisse plus respirer et la cadette repartit dans ses torrents de larmes.

La jeune fille prit la route pour rentrer chez elle. Son patron l'avait libérée bien plus tôt, jugeant qu'elle avait besoin d'un immense repos. Cependant, elle ne prit pas le chemin de chez elle mais fit un tour devant le Colisée. Elle s'arrêta plusieurs fois pour sécher ses larmes puis entendit deux voix qu'elle connaissait s'élever dans la nuit. Le bruit assourdissant des festivités l'empêchait de déchiffrer leurs propos mais elle s'approcha tout près d'eux.

— Koda ! s'exclama l'orangé, les larmes aux yeux quand il la vit.

Jazz lui sauta au cou et plongea son visage dans son épaule.

— T'étais au courant pour Yolan, n'est-ce pas ? demanda le brun, le visage couvert de ténèbres.

Koda ne répondit pas, sachant que son silence parlait pour elle.

— T'es vraiment une garce, comme elle. Comment elle a pu nous cacher ça depuis tout ce temps ? C'était mon amie d'enfance ! Je l'aurais jamais suivie si c'était pour qu'elle nous humilie de la sorte.

L'adolescente encaissa les mots blessants de son compagnon.

— Dis pas ça, Rob… C'est notre cheffe après tout, s'exclama Jazz en larmes.
— C'était, rectifia Rob. Jamais une putain de travesti ne sera mon chef !

C'en était trop pour Koda qui flanqua une gifle au brun.

— Ne redis plus jamais ça, s'énerva la plus jeune. Si elle te l'avait caché, c'était exactement pour éviter cette discordance… Elle tenait juste trop à toi pour te le dire.
— Foutaises. Et sois contente pour ta pomme que je ne balance pas à droite à gauche que t'es une putain de lesbienne. Juste par respect au chef.

Le brun furieux leur tourna finalement le dos.

— Faites ce que vous voulez, mais soyez sûrs de ne plus jamais me revoir. Adieu, les mioches.

Jazz sanglota tandis que la pluie commençait à couler sur le visage de la bleue, qui fixait le brun partir.

— Allez, viens Jazz, ne restons pas là.

— Tu peux aller lui rendre visite… Elle pourra partir plus en paix.

La bleue ne voulait pas écouter sa remarque, souhaitant qu'il s'agît là d'un cauchemar dont elle se réveillerait.

— Et toi, que feras-tu à partir de maintenant ?
— Voir si les inscriptions du tournoi de lutte sont encore ouvertes… Je pense que c'est ma chance d'y accéder.

Koda hocha la tête puis se retrouva extrêmement seule une fois l'orangé parti. En plein déni, elle se mit en route des cachots, au nord de la ville. Elle montra ses papiers au gardien qui l'emmena dans une cellule vétuste puis elle vit Yolan allongée sur le sol et ne put s'empêcher de pleurer, ce qui interpella la violette.

— Koda ! s'exclama-t-elle en la voyant.

Elle se releva faiblement et s'appuya contre les barreaux de sa cellule. La plus jeune réussit à prendre son visage dans ses mains et voulut l'embrasser mais Yolan qui ne quittait pas le gardien des yeux l'en dissuada.

— J'en meurs d'envie ma Koda, mais c'est plus que déconseillé de faire ça ici, dit-elle accompagnée d'un sourire triste. Tiens, prends-la avant que j'oublie.

La jeune femme sortit le bijou violet de sa poche et le mit discrètement dans la main de la plus jeune.

— Et je t'en supplie, ne pleure pas, continua-t-elle en séchant ses larmes d'un coup de pouce. Je partirai tranquillement comme ça…

Elles collèrent leur front contre les barreaux en se tenant les mains.

— Tu m'avais dit que ce ne serait pas la fin…
— Et c'est toujours vrai ! Ce sera le début d'une nouvelle histoire. Ce sera la tienne. Je serai toujours avec toi, ici et là, dit-elle en pointant la bague et en touchant son cœur. N'oublie surtout pas que je t'aime et que je te serai à jamais reconnaissante d'avoir fait tout ça pour moi, Koda…

L'adolescente émit un nouveau sanglot.

— Ce n'est qu'un au revoir, d'accord ?

Koda acquiesça les larmes aux yeux. Yolan réussit à lui embrasser la joue à travers la grille puis le gardien la ramena à l'extérieur.

L'adolescente repartit bredouille, puis s'effondra au beau milieu de la nuit, où elle fut certaine qu'une nouvelle étoile brillait dans le ciel.

Une fois allongée sur son lit, elle contempla une dernière fois le bijou, puis le serra dans sa paume.

— Je sais que tu me protégeras, n'est-ce pas, Yolan ? dit-elle en s'endormant difficilement.

Trois ans et quelques mois passèrent. Koda avait enfin dix-huit ans. Elle avait continué à travailler chez Bowie le soir, tandis qu'elle dédiait ses journées aux cours de l'académie. Elle avait acquis un bon niveau, et pouvait maintenant participer à des ballets internationaux, chose qu'elle refusait toujours car elle craignait de perdre à nouveau ses repères, loin de ses proches.

Sa mère et elle habitaient enfin dans leur propre maison, bien que petite, elle leur convenait suffisamment pour eux trois. Trois, car le troisième était cette petite bouille d'Arthur, le fils de Noji et neveu de Koda. Suite à son accouchement, Noji était tombée très malade ce qui l'empêchait de garder son fils. Elle fut contrariée d'apprendre que Dylan ne voulait pas s'en occuper, préférant donner toute son énergie dans les soins de la brune. Mme Gwyneth le récupéra alors avec grand amour, et le petit grandissait au fil du temps qui passait. Koda lui avait enseigné ses deux passions, la danse pour laquelle il n'était pas très friand et l'épée, faite de bois, qu'elle lui avait léguée, pensant qu'il en ferait meilleur usage qu'elle.

Celle qui lui manquait tant n'était pas à ses côtés pour observer avec bonheur le petit garçon s'épanouir. Elle n'était pas là non plus pour flatter la cuisine de Mme Gwyneth ni pour rencontrer la fameuse tante aimante.

Yolana Torndwy
24 mai 678 - 12 octobre 697
Dans nos cœurs à tout jamais

Koda relisait l'épitaphe pour la centième fois. Elle allait lui déposer des pensées tous les premiers du mois.

— Ma chérie… Elle doit vraiment te manquer, fit sa mère en posant une main sur l’épaule de la cadette.

La jeune femme hocha la tête en réprimant un sanglot.

— Tata Yolan ! s’enthousiasma l’enfant, qui serrait la main de sa tante.

— Je suis sûre qu’elle t’entend de là où elle est, commenta Magali.

Après cette sortie funèbre, les trois femmes passèrent devant le Colisée. Le festival des Passions reprendrait cette année-là, toujours en octobre prochain.

— J’ai entendu dire que le premier prix du tournoi était encore la même paire d’yeux violets que celle de l’autre fois, fit un homme à l’attention de son collègue.

— Oui, j’ai entendu cette rumeur aussi ! L’ancien gagnant du tournoi aurait été assassiné et les yeux lui auraient été récupérés, ajouta un autre. Ces yeux sont vraiment maudits !

— Ils valent tout l’or du monde, pour sûr.

La jeune femme contempla le haut bâtiment, le regard mélancolique. Cependant, elle fut bien certaine d’une chose : Koda Gwyneth devait être remplacée par un certain Kodi.

Remerciements

Un auteur n'est rien sans ses lecteurs comme les lecteurs ne pourraient se passer d'un auteur. C'est pourquoi je tiens à remercier mes amies qui ont donné un sens à cette histoire qui a été un travail de longue haleine, mais surtout un plaisir qui était devenu d'autant plus satisfaisant à partager.

Je remercie également tous mes proches, famille et amis, qui m'ont soutenue dans l'élaboration de ce projet et qui ne sauront cesser de m'encourager.

Enfin, merci à l'équipe de la maison d'édition Le Lys Bleu Éditions d'avoir pu faire de ce rêve une réalité.

Imprimé en Allemagne
Achevé d'imprimer en juin 2022
Dépôt légal : juin 2022

Pour

Le Lys Bleu Éditions
40, rue du Louvre
75001 Paris